ヘヴンリー・ブルー

村山由佳

目次

本文デザイン／小堀賢一
本文挿絵／津田やよい

ヘヴンリー・ブルー
Heavenly Blue

「好きな人って、誰よ」

東京に空が無い。
ほんとの空が見たい。

そんな詩の一節を思いだす。何年生の教科書だったか、むかし教師をしていた頃に教えたことがある。

でも、こうしてベランダにかがんで見あげる空は、東京しか知らない私の目には充分に美しい。熱をはらんだ蒼穹《そうきゆう》に、湧《わ》きあがる雲の白さがまぶしくて、思わず手をかざす。

今日も暑くなりそうだ。

植木鉢やプランターのひとつひとつに、丁寧《ていねい》に水をやっていく。

小さなランタンのようなホオズキ。

少しの風にも葉先を揺らす風知草《ふうちそう》。

目に痛いくらい真っ白な日々草《にちにちそう》。

とりわけ今が盛りの朝顔の根もとには、鉢底から流れ出るくらいにたっぷりと水を注ぐ。細い竹にからまって重なりあうハート型の葉の間から、目も覚めるような青色の花が咲いている。七つ、八つ……十。毎朝、まるでむきになっているかのような勢いでたくさん咲いてくれるのが愛《いと》しい。

頭上に広がる空よりもなお澄んだ色をした朝顔は、一度耳にするとちょっと忘れられない、神々しい名前を持っている。

〈ヘヴンリー・ブルー〉——天上の青。

午後までしぼまずに咲き続けてくれる西洋朝顔。

まるで、休日はぜったい寝坊と決めている私のためにあるような品種だった。

直径十センチにも満たない、ただぽっかりと丸いだけのありふれた花なのに、吸いこまれそうなブルーのせいだろうか、間近に顔を寄せて見つめても、どこまでもどこまでも遠い感じがする。

そこにあるのに、ないような。

触れることなど、永遠にかなわないような。

下の公園のほうから風が吹いてきて、風鈴をちりんと鳴らした。大きな森や池の上を渡ってくるから、とくに朝のうちの風は思いがけないほど涼しい。ジョウロを置き、ベランダの柵《さく》にもたれて見おろすと、池のおもてにも空が映っていた。舞い降りてきた水鳥を中心に、水面の空いっぱいにゆっくりと波紋がひろがっていく。

ああ……どうしてこんなに胸が痛いんだろう。

思いかけて、ふっと気づいた。
そうか。あの日も、ちょうどこんなふうに晴れていたのだ。歩太《あゆた》くんが私に、別れ話を切りだしたあの日。
やっぱり暑い日だった。久しぶりに誘ってもらえたことに、はしゃいだ気持ちを押し隠しながら向かった喫茶店で、彼はこわばった面持《おもも》ちで私を待っていた。そうして、とても言いにくそうに、それでも結局は言ったのだ。

好きな人がいるんだ、と。

息をつめ、そっと目を閉じる。思いだすと、今でもまだ心臓がひりひりする。十年たってもこれだから、当時はほんとうにひどいものだった。喫茶店からの帰り道のことはほとんど覚えていない。ただ、あの日はいていたサンダルだけは、飾りのビーズの色や形にいたるまで克明に覚えている。人目を気にする余裕もなしに、泣いて、泣いて、何度も転びそうになりながら自分の足先ばかり見つめていたから。

私のこと、好きだって言ったじゃない。

俺のこと、好きかって訊《き》いたじゃない。

途中でいきなりこんなふうにほうりだすなら、どうしてあんなこと言ったの。どうして優しいキスなんかしたの。どうしてあんなに強く抱きしめたりしたの。

そんなことされたら、私だけなんだって思うじゃない。あなたには全部預けてもいいんだって思っちゃうじゃない。

あなたが素直になれって言うから、意地っぱりの仮面は脱ぎ捨てた。

俺には甘えていいんだって言うから、強がりの鎧《よろい》も脱ぎ捨てた。

あなたになら、今まで誰にも見せたことのない私を見せられると思った。

初めてありのままでそばにいられるひとを見つけたって、そう思った。

なのに、ようやく勇気をふりしぼって、裸の気持ちのままあなたの前に立ったと思ったら、とたんにこの仕打ち？

許さない。
ぜったい、許さない。
好きな人って、誰よ。
ちゃんと言いなさいよ、卑怯《ひきょう》よ。
言えないなら、あきらめてなんかあげない。
あなたを自由になんかしてあげない。
苦しめばいいんだ。
私がこんなに苦しいんだから、あなたも同じだけ苦しめばいいんだ。
許さない。
許さない。
許さない。
ゆるさない。

恨む——という感情がどんなものかを、生まれて初めて知った。

自分の心のはずなのに、まるでコントロールがきかなかった。抑えても、抑えても、おなかの底から溶岩のようなものがふつふつと湧いて出て、あたりのものをすべてなぎ倒し焼き尽くしながら、軀《からだ》の内側を真っ黒に塗りつぶしていく。

死にたい、とは思わなかった。死んでくれ、と思った。私のものになってくれないのなら、その目で誰かほかの女を見つめようというのなら、いっそ死んでくれ、と。

憎かった。私から離れていこうとする歩太くんが、心底。

そのどす黒い感情は、彼に対してだけじゃなく、顔さえ知らない相手の女性へも向かっていて、これでうっかり素性など知ってしまったら、相手に取り憑《つ》いて呪《のろ》い殺してしまいそうだった。自分で自分のことが怖ろしくてならなかった。

このままでは、生きながら鬼になる。それこそあの六条御息所《ろくじょうのみやすどころ》みたいに。

もちろん、あのころの私はまだ知らなかったのだ。
彼の心を奪っていった相手が、まさか、大好きなお姉ちゃんだったなんて。

そういえば、お姉ちゃんも昔は、夏になるたびベランダで朝顔を育てていた。西行法師《さいぎょうほうし》が好きな彼女が選ぶだけあって、どれも純和風の、雅《みやび》やかな名前のついた朝顔だった。

誰より頭がよくて、誰より綺麗《きれい》で優しい、私の自慢のお姉ちゃん。

年が八つも離れていたから、姉妹で比べられることへのコンプレックスもほとんどなくて、たとえば法事で親戚《しんせき》が集まった時など、

「夏姫《なつき》ちゃんはまあほんとに、昔の春妃《はるひ》ちゃんにそっくりだねえ」

そんなふうに言われるのが、私にとってはいちばんの褒め言葉だった。

とはいえ、両親のいるところでは、彼女に関する話題はかなり注意深く避けられていたと思う。何しろ、大恋愛の末に高卒で駆け落ち同然の結婚をしただけならまだしも、その相手に、ある日とつぜん自殺されてしまったのだ。おまけにショックでおなかの子どもまで流れたとなれば、親戚はもとより、当の親だってどうさわっていいかわからなかったに違いない。

でも、お姉ちゃんは、ちゃんと独りで立ち直った。

さすがに彼が——五堂さんが——亡くなった後の一年ほどは、ものを食べるどころか息をする気力さえなくしてしまって、そばで見ている私たちのほうがつらいような有様だったけれど、おそらくは五堂さんの死について、何か胸に期するところがあったのだろう。少しずつ、少しずつ、自分で食事をとるようになり、朝起きれば薄化粧をするようになり、喪服みたいなモノトーンばかりじゃなく明るい色の服も再び着るようになり……やがて受験した大学にも見事受かって、精神科医になる勉強を始めた。

それと同時に、家を出て大泉《おおいずみ》学園のはずれのマンションでひとり暮らしをするようにもなった。心配した両親がどんなに家から通うように言っても、お姉ちゃんは微笑《ほほえ》みながらきっぱりと首を横にふるだけだった。それもまた、いつだって背筋のしゃんと伸びたあのひとらしい選択だったと思う。

小さい頃から、お姉ちゃんは私をほんとうに可愛がってくれた。どこへ出かけるときも手をつないでくれたし、夜は眠りに落ちるまでそばについていてくれた。

小学校にあがると、日曜日には父にねだって（それはたいてい私の役目だった）、一緒に石神井《しやくじい》公園の釣り堀へ連れていってもらった。金魚やヘラブナのほかにニジマスの釣り堀まであって、釣れた魚を係のおじさんに渡すと袋に入れて塩をふってくれるのだ。

晩の食卓に並ぶニジマスの塩焼きを、母は気持ち悪がって食べようとしなかったけれど、私たちは大事に分け合った。

〈ちゃんときれいに食べてあげようね〉

と、お姉ちゃんは私にささやいた。

昼間は確かに生きていたものを、いま自分たちが食べて空腹を満たしている。姉が言おうとしたことの意味を、私は子ども心にもきちんと受けとめていたような気がする。

でも、あの釣り堀は、今はもうない。いつのまにか、なくなってしまった。区の管轄下にある公園内で個人が娯楽施設を経営するのはいかがなものかと、お役所から物言いがついたのだそうだ。

まったくお役人の考えることは……と、かろうじて残った御茶屋のおじいさんが、首をふりふり嘆いていていた。

諸悪の根源は家庭にある、というような意味のことを書いたのは、たしか太《だ》宰《ざい》だったろうか。

仕事人間だった父親はともかくとして、私たちの母親は、なんというか、あまり人の心の機微を解さない人だった。

物の言い方はきつく、世間の常識からはずれることや後ろ指をさされることを異様なまでに意識するあまり、娘二人をとても厳格に育てた。厳格が過ぎて、なかば恐怖政治みたいだった。

外ではみんなから気丈で勝ち気な性格と思われがちな私だけれど、家ではそのじつ、母親に口ごたえひとつできない気弱な子どもだった。いつでも母の顔色をうかがってばかりいた。甘えてみせるのは多くの場合、彼女を機嫌よくさせておくことで少しでも叱《しか》られないようにするためでしかなかった。

だから、お姉ちゃんのマンションの部屋は、私にとっても一種の逃げ場だった。

どんな時でも、あたたかく迎え入れてもらえることが保証されている場所。手足をばらばらに投げだして油断していても、怖いものなど決して入ってこない隠れ家。

そう――歩太くんと付き合い始めて、彼に心を許すようになるまでは、あのこぢんまりと居心地のいい部屋でくつろいでいる時だけが、唯一、私がありのままでいられる時間だったのだ。

「俺、怖いんだ——親父を見てると」

歩太。――一本槍《いっぽんやり》、歩太。

苗字《みょうじ》だけでもめずらしいのに、そんな変わった名前を彼につけたのは、お父さんだと聞いている。

初対面の人からはなかなか正しく読んでもらえないせいか、彼自身はもっと普通の名前がよかったなんて文句を言うけれど、私はその名前が大好きだった。そもそも彼という人間に興味を惹《ひ》かれたのだって、最初は名前がきっかけだったかもしれない。

彼とは、高校の三年間、同じクラスだった。よく、美術室の隅で絵を描いている彼を、こっそり見つめてはどきどきしていた。

二年の二月に、私からチョコを渡した。彼のほうもまた私を憎からず思ってくれていたことがわかったときは、神様はほんとうにいる、と思った。

初めてのキスは、その年の夏休みの終わり。公園の木の陰に隠れて、ようやくかすかに唇が触れあったかと思ったら、足もとに座っていた犬のフクスケが何を見つけたのかいきなり走りだし、引っぱられた彼が転びそうになったのを、まるで昨日のことのように覚えている。

息をすることさえ忘れるほどの緊張が急に解けて、私たちは思わず笑いだしていた。しゃがみこんで二人、いつまでも大笑いした。

そうしながら、私は幸せだった。ほんとうに、宙に舞いあがりそうなほど幸せだった。

この先はもう、何が起ころうと大丈夫。わけもなく、そんなことを思っていた。

歩太くんのお父さんが、もうずいぶん長く入院しているのだという話を彼自身から聞かされたのは、逢《あ》えば必ずキスをかわすようになった頃だったろうか。

それまでなかなか打ち明けてくれなかったことの背景には、彼なりの事情と葛藤《かっとう》があった。お父さんは、体の病気で入院していたわけではなかったからだ。

うちのお姉ちゃんも精神科医を目指しているのだと話したら、歩太くんはずいぶん驚いていたけれど、かといって、私が一緒にお見舞いに行きたいと頼んでもうんと言ってはくれなかった。行く時は、必ず一人。いつからか、お母さんとさえ連れだって行くことはなくなったのだという。

一度、歩太くんがふと、こんなふうにつぶやいたことがある。

「俺、怖いんだ——親父を見てると」

意味がわからなくて「え？」と訊き返すと、彼はそこで我に返ったように私を見て、ひどく大人びた苦笑いとともに首を横にふった。

そしてそれっきり、二度とその話をしようとはしなかった。

日ざしが強くなってきたのを機に水やりを切りあげ、部屋のなかに避難する。サッシを閉めると、外の物音がふっと遠ざかった。

あまり冷えるのは好きではないから、冷房はごくかすか。補うために回している扇風機がゆっくり首を振るのに合わせて、ベッドの上のウィンドチャイムがきらきらした音をたてる。

リビングとダイニングキッチン、ほかに部屋が三つ。

ほんとうはこんなに広いマンションなど必要ないのだけれど、親の持ち物であるこの部屋に住むことが——つまりいつでも彼らの目の届くところにいることが、ひとり暮らしを承知してもらう交換条件だったから仕方ない。

「いい子でいようとしすぎるんだよ、お前は」

と、歩太くんはときどき言う。

「いつまでも理想の娘なんか演じてたら、自分の首を絞めるだけだぞ」

たしかに、もっともな意見ではある。

でも、お姉ちゃんのことがあって以来、親たちがいろんな意味で神経質になってしまったのも当然といえば当然で、私にはその気持ちも理解できるのだ。だからつい、折にふれて上手に甘えてあげることで、なんとか親孝行をしようと無理をしてしまう。どんなに無理をしようと、お姉ちゃんの代わりにはなれっこないのだけれど。

とはいえ、何年か暮らすうちに、この部屋が私にとっていちばん落ち着ける隠れ家になったのも事実だった。そう、昔、お姉ちゃんの部屋がそうだったように。

家具も調度品も、少しずつ気長に、自分の目で選んだ。この部屋に私の嫌いなものは何一つない。

リビングの中央には、白い革張りのソファと、裏側からエッチングのほどこされたガラステーブル。その下に敷いてあるのはトルコのアンティーク・キリムで、そうは見えないだろうけれど、私の持ち物のうちでいちばん高い買い物だ。無彩色でまとめた部屋の中で、そのキリムだけがぱっと明るく目に飛びこんでくる。

そして、ソファと向かい合う壁際には、メイプル材のモダンなサイドボード。

そこに飾った、海色の丸い花瓶と。

窓からの日ざしを受けて、ずいぶん大きく育った観葉植物と。

それに、サイドボードのすぐ上の壁にかけた、花と魚を描いた不思議な絵。

――洋服以外ではその三つだけが、すべてが終わったあとで、私がお姉ちゃんの部屋から受け継いだものだった。

この部屋を訪れる客は、ほとんどいない。その時々に付き合っている相手をごくたまに通すことはあったけれど、それも必ず昼間のうちで、暗くなってから誰かを招いたりはしなかったし、もちろん泊めたことなど一度もなかった。

「なんで？」

と、慎くんが訊いたことがある。そう、たしか最初の夜だ。あのとき私はまだ、彼のことを〈フルチン〉とあだ名で呼んでいた。

私は、すこし考えて言った。

「隣に誰かがいると、眠れないたちなのよ」

私の答えに、彼が納得してくれたとは思えない。

でも彼は、それ以上踏みこんで訊いてはこなかった。家庭に事情があって祖父母に育てられたせいもあるのだろうか、人の心の機微にとても敏《さと》い子だった。

古幡慎一《ふるはたしんいち》——二十一歳、大学生。

八つ年下の、もと教え子。

五年前、まだ骨格に子どもっぽさの残る高校生だったあのころから、彼は私にとって、とても気にかかる存在だった。たとえば授業中に指名して、登場人物の心情について質問を向けた時など、しばしば年齢に似合わないほどの深い洞察力を見せた。今からこんなにわかってしまっていいのかと、こちらが心配になるくらいだった。

慎くんとの再会は、去年の秋だ。彼は私がよく行くオープンカフェでバイトしていて、なんでも、私のことはひと目見ただけで（というか、それ以前に声を聞いただけで）、「斎藤先生」だとわかったのだそうだ。

申し訳ないけれど私のほうは、まったく彼に気づかなかった。ちびだった〈フルチン〉は、ずいぶん背が伸び、大人びて、すっかり私の知らない男になっていたからだ。

壁の絵のことを、慎くんが話題にしたのはいつだったろう。

それも、花と魚の絵ではなくて、その隣にかかっている草原と空を描いた絵のほう。

わずかな訪問客のなかでも、絵のことで何か訊く人がいるとすれば必ずと言っていいほど五堂さんの絵についてだったから、慎くんがもうひとつのほうをさして、

「この空、すっげえ綺麗な色……」

そうつぶやいた時、私は虚をつかれたようになって、一瞬うまく言葉が出てこなかった。

それは、歩太くんの絵だった。

派手さは、ない。人目を惹くという意味では、五堂さんの絵のほうがずっと華がある。

でもそのかわり、歩太くんの描く絵はとても懐《ふところ》が深くて、見る側の心境までも受けとめ、受け容《い》れ、その時々でまったく違った景色を見せてくれるのだ。

どこか異国、たぶんモンゴルかチベットあたりの果てしない草原――ゆったりと風にうねる、やや枯れ色をした草の海の上に、胸が痛くなるほど蒼《あお》く遠く澄みわたった空が覆いかぶさり、そこから地上へと光の束がおりている。

まるで、透明なオーロラみたいに。

あるいは、天からさしのべられた梯子《はしご》のように。

慎くんが綺麗だとほめてくれた空の色は、歩太くんがいつも好んで使う色だった。

ベランダに咲く朝顔と同じ色。お姉ちゃんの大事にしていた丸い花瓶の色。初めてお姉ちゃんが歩太くんにあげたシャツの色とも、少し似ているかもしれない。

そのチェックのワークシャツを、彼はこのごろではもう着ようとしない。きっと、これ以上いたんだり色褪《いろあ》せたりするのを見るにしのびないのだろう。

彼がアトリエにしている部屋の鴨居《かもい》から、ハンガーに掛けられた青いシャツがぶらさがっているのを見るたび、私は、いまだにお姉ちゃんにかなわない自分を思い知らされる。今となっては歩太くんとどうこうなりたいとは思わないけれど――たとえ思ったところで許されないことだけれど――彼にとってお姉ちゃんがどれほどの存在だったかをそうして突きつけられるたび、心の底から自分を呪いたくなる。

そして、もう幾千回、幾万回、幾億回となくくり返した同じ後悔を、これが初めてであるかのような痛みとともに噛《か》みしめるのだ。

「歩太くん、お姉ちゃんと会ったでしょ」

勤務先の病院で、偶然、歩太くんと再会した——という話をお姉ちゃんから聞かされたのは、たしか春の終わる頃だったと思う。お姉ちゃんはその四月から、彼のお父さんの主治医になっていた。

ちなみに「再会」というのがどういうことかというと、そのしばらく前、朝の満員電車の中で、手に怪我《けが》をしていたお姉ちゃんをさりげなく周りからかばってくれたのが歩太くんだったのだそうだ。

桜の咲き初《そ》める季節。お姉ちゃんは、ずっとしまいこんであった五堂さんの絵にとうとう額《がく》をつけてもらう決心をして、池袋へと向かうところだった。

「一度会ったくらいで、よく顔を覚えてられたね」

あまりの巡り合わせに驚いてそう言ったら、お姉ちゃんは笑って答えた。

「だって、ものすごい至近距離で見つめあっちゃったんだもの。もう、鼻がくっつくような近さ。寄り目になっちゃいそうなくらい」

顔の前にひとさし指を立てて実際に寄り目になってみせたお姉ちゃんの顔がおかしくて、私もくすくす笑った。

「だけどまさか、あなたたちが付き合ってたとはねえ」と、お姉ちゃんはしみじみと言った。「あ、そっか。それで彼、私が『同じ学年にサイトウナツキって女の子がいたはずだけど、知らない？』って訊いたとき、あんな変な顔したのね」


変な顔ってどんな顔？　と、すごく訊きたかったのに、訊けなかった。

怖かったのだ。お姉ちゃんには「付き合っている」と現在進行形のように言ったものの、ほんとうのところ、その頃には私たちの関係はもうかなり危なくなっていたから。

歩太くんも私もその事実から目をそらしていたけれど、とくに私は絶対に見ないようにしていたけれど、もはや時間の問題なんじゃないかということは、お互いにわかっていた気がする。

それが証拠に、ゴールデンウィークを前にしても、歩太くんからは何の誘いもなかった。私だけ大学に受かって、彼のほうは浪人して、今年も美大を受けるために必死だということを差し引いて考えても、こちらから連絡しない限り向こうからは電話の一本すらかかってこないというのはやっぱり、私に対しての気持ちが薄れつつあるからだとしか思えなかった。

終わりにするなら、いっそきっぱりとそうしてほしい。

そう思うのと同じ強さで、お願いだから終わりになんかしないでほしいと願った。最後の答えを聞かされるのが怖くて、私から電話するのにも勇気が要《い》るほどだった。

そもそも、いったいどうして歩太くんは、お姉ちゃんと会ったことを私に話してくれなかったんだろう。

それを話すとお父さんのことにも触れざるを得なくなるのが嫌だったんだろうか。それとも、私の身内にお父さんを診《み》られることそのものが気まずいとか、そういうことなんだろうか。

さんざん考えてもわからなくて、私はとうとう、意を決してこちらから電話をかけてみた。明日で連休は終わり、という前の日の晩。二週間ぶりの電話だった。

「歩太くん、お姉ちゃんと会ったでしょ」

思いきってそう切りだすと、受話器の向こうで彼が変なふうに黙るのがわかった。

「……うん。会った」

「ね、どう思った？」

「え。そうだな。お前とよく似てるな」

「もうちょっと独創性のあること言えないの？　芸術家でしょ？　そんなの、小さいときから耳にタコ」

できるだけ明るく聞こえるように言いながら、私は、歩太くんの言葉のなかにサインを探していた。このひとはまだ私を好きでいてくれる――そう感じられる何か。はっきりした言葉でなくていい。声の調子でも、笑い方でも、何でもかまわない。ほんのちょっと私を安心させてくれるものがあれば、それだけでいいのに。それさえくれたなら、今すぐにでも電話を切って、好きなだけ勉強に集中させてあげるのに。

「ねえねえ、どっちがきれいだと思った？」

　こんなふうにぐずぐず引き延ばしていたら、彼はきっとうんざりしてしまう。もういいかげん呆《あき》れているかもしれない。そう思っても、私には自分から電話を切ることができなかった。

「さあなあ。ああまでそっくりだと、どっちとも言えないな」

「えー？　そんなに似てる？」

「しょうがないだろ。タネと畑が一緒なんだし」

「もうッ。スケベなんだから」

　笑いあいはしたものの、そのあとなおさら寂しくなる。

だめだ。これ以上しつこくしたら、ほんとにだめになる。

「それじゃ」

と、私は言った。

「あんまり邪魔しちゃ悪いから切る。またね」

——お願い、引き止めて。

——もうちょっとぐらい話してたってかまわないよって言って。

なのに、

「うん。……またな」

私がどうしてかけたのか本当にわからなかったのだろう。戸惑うような歩太くんの口ぶりを耳にしたとたん、よせばいいのに、それまで必死でこらえていたものがぷっつり切れてしまった。

「ほんとに邪魔になっちゃったんだね」

地を這《は》うような私の声に、歩太くんがうろたえるのがわかった。

「いや、そんなことはないけどさ」

「けど？　けど何よ。歩太くん、私が切るって言ったって、前みたいに引き止めてくれないじゃない。どっか行こうって誘ってくれもしないじゃない」

言いつのりながら、ばか！　ばか！　と頭の中で声がする。やめなって、それ以上言っちゃだめ、彼を追いつめちゃだめだってば！

「ねえ、明日がどんな日だか知ってる？　連休の最後の日よ？　私、ほんとはずっと待ってたんだから。勉強で忙しいのはわかるけど、一日くらい、でなきゃ半日くらい、図書館でだっていいから会おうって言ってきてくれるの、ずっと待ってたのに」

ああもう、最悪。こんなことで泣き落としにかかるなんて、あんたそれじゃ最低最悪の女だよ、夏姫。

「ごめん」

と、彼は気まずそうに言った。

「ここんとこ、自分のことで頭がいっぱいでさ。ごめんな」

そして、あろうことか明日会おうと言いだした。

「ばか言わないで。そういうのはイヤなの。言われて誘うなんて、最ッ低よ。言って誘わせる私も最低だけど。それともうひとつ、歩太くん、女の子の気持ちなんか全ッ然わかってないみたいだから言ってあげるね。あのね。これからさき女の子に、あの人と私とどっちがきれいって訊かれたら、嘘でもいいからその子だって言ってあげなさいよね。わかった？　私が言いたいのはそれだけ。しばらく電話しないから、どうぞ好きなだけ勉強して。じゃあね」

言うだけ言って叩《たた》きつけるように切った電話を、にらみつけようとして、失敗した。

涙が、おかしいほど次々にこぼれた。唸《うな》り声がもれるのを我慢できなかった。

大丈夫。歩太くんのことだからきっと、すぐにかけ直してきてくれる。ちゃんと私に謝ってくれる。そうして、明日会おうともう一度言ってくれたなら、今度は素直に受け容れよう。だって、やっぱり好きだもの。好きなひとには会いたいもの。

祈るように見つめる電話は、けれど、とうとう鳴らなかった。

「嘘つき！　一生恨んでやるから」

どれだけ泣いたかわからない。

目の玉が、溶けてしまうかと思った。

たかだか元同級生の男一人にここまで気持ちをつかんで振り回されるなんて、冗談じゃない、プライドが許さない、と思いながらも、彼と最後に会ったときのあれこれ、言われた言葉のひとつひとつを思いだすたび、涙は勝手にあふれて止まらなかった。あるいはまた、お互いがまだうまくいっていた頃に彼が私に向けてくれた笑顔なんかをうっかり思い浮かべてしまうと、なおさら自分の感情をどうすることもできなくなった。

でも、どれほどたくさん泣こうと、胸の痛みを押し流すことはできなかった。歩太くんを忘れるなんて、彼とのことをあきらめるなんて、私には絶対に無理だと思った。

いったい彼のどこがそんなに好きだったのかと訊かれても、いまだによくわからない。でも、あの年頃にありがちな思いこみだとか、そういう単純な話ではなかった気がする。

歩太くんの抱える何か――もしかすると彼に欠けている何かだったのかもしれないけれど、とにかくその何かが、私の心臓の奥深く食いこんで、もはや抜こうとしても抜けなくなってしまっていたのだ。まるで、見えない鉤針《かぎばり》のように。


いちばん最初に歩太くんのことをお姉ちゃんに相談したとき――あれはたしか、彼から別れ話を切りだされるよりも前のことだったと思うけれど、お姉ちゃんはあきれたように私を見て言った。

「あのねえ、夏姫。あなた、相談する相手を完全に間違えてるわよ」

「なんで？」

「恋愛で大失敗した私が、いったいあなたに何を言ってあげられるっていうの？」

「大失敗じゃないじゃない」

と、私は憮然《ぶぜん》として言った。

「大恋愛だっただけじゃない。お姉ちゃんと五堂さんの恋は、今だって私の憧《あこが》れだよ」

「何言ってるの。だめよ、そんなのに憧れちゃ」

お姉ちゃんは慌てたように言った。

「あなたくらいはちゃんと幸せになってくれないと。でないと、父さんや母さんが可哀想《かわいそう》でしょう？」

「べつに、あの人たちのために恋愛するわけじゃないもん」

「それはそうだろうけど……」

口ごもって、お姉ちゃんは困った顔で微笑んだ。

「とにかく、私はあくまでも精神科医であって、恋愛カウンセラーじゃないんだからね。ん……まあ、でも……」

「でも？」

「そうね。私に言ってあげられることがあるとすれば、まずは、彼とちゃんと向き合って話をするべきだってこと。それも、自分の側の不満ばっかり押しつけるんじゃなくて、先に相手の話をゆっくり聞いてあげるの。男の子だって、そうそう強いばかりじゃいられない。あなたと同じくらい、柔らかくて傷つきやすい心を持ってる、ただの人間なんだからね」

でも、いったい、いつからだったろう。お姉ちゃんが、私の話を聞きながらひどくつらそうな顔をするようになったのは。

あんなにきっぱり別れを告げられてもなお、歩太くんが忘れられなかった私は、ちょくちょく酔っぱらってお姉ちゃんのところへ転がり込んでは、同じことをくどくどとこぼし続けた。

ひとりではとうてい抱えておけなかった。誰かに聞いてもらわないと頭がおかしくなってしまいそうだった。

「そりゃ、大学にだって声をかけてくる男はそれなりにいるよ。けど……けどね、だめなの。全然、だめなの。誰と付き合おうとしても、歩太くんと比べちゃう。あんな勝手な男なのに、それでも彼のほうがずっといいと思っちゃうの。何かっていうと歩太くんと比べちゃって、結局すぐだめになんの」

そんなふうにこぼしながら、かかえた膝《ひざ》に私が顔をうずめて泣くたび、お姉ちゃんはうつむいて口をひらきかけてはやめ、でも、いつも何も言わなかった。そして私は、そういうお姉ちゃんの反応を、落ちこんでいる妹を心配しながらもよけいな口を出すまいとしているのだと思って疑いもしなかったのだ。

おめでたい話ではある。けれど、あのころの私はまだほんの子どもで――どれくらい子どもかというと自分をいっぱしの大人と思いこむくらいには子どもで、自分の世界だけじゃなく、全世界がまるで自分を中心に回っているかのような気分でいた。お姉ちゃんにはお姉ちゃんの世界があるなんて、考えてみたことさえなかった。

でも、ある意味、もっとおめでたいのはお姉ちゃんのほうだった。

お姉ちゃんの世界の中心は、お姉ちゃん自身でいいはずなのに、あのひとにはどうしても、誰かを悲しませてでも自分が幸せになる、という発想ができなかったのだから。

前もって約束しておいた日はともかく、たとえば私が急にその気になって、外から電話をかけたその足でお姉ちゃんの部屋に寄ったとする。

そんなときは、たまにだけれど、ほんの今までそこに誰かがいたかのような気配が残っていることがあった。

確かな痕跡《こんせき》があったわけじゃない。匂《にお》いとか、そういうのとも違う。でも、わかるのだ。不思議なことにそれは、どこか懐かしいような気配だった。

「ねえねえ、もしかして男でも出来た？」

一度、わざと蓮《はす》っ葉《ぱ》に言って冷やかしてみたのだけれど、お姉ちゃんは例によって例のごとく、困ったような顔で微笑みながら言った。

「そんなわけないでしょ、ばかね」

あの嘘を、いったいお姉ちゃんはどんな思いで口にしたのだろう。

あの嘘さえなかったら——せめてもっと早い段階でお姉ちゃんが本当のことを打ち明けてくれていたなら、もしかして私たち三人は、今とは違った道を歩くことができていたのだろうか。それとも、私が取り返しのつかないひとことを口走るのが、さらに早まっただけだったろうか。

「嘘つき！　一生恨んでやるから！」

あの日の朝に戻りたい――と、私が願った回数は、一万回や一億回ではきかないと思う。

もしもあの日に戻ることができたなら、今度は絶対、お姉ちゃんの部屋になんか行ったりしない。

たとえ行くとしたって、ちゃんと前もって電話をかける。

そうして、歩太くんがいつもみたいにあの部屋を抜けだす時間を作ってあげるのだ。

――一生恨んでやる。

そう言いきったからには、うんと長いあいだ恨み続けてやるつもりだった。

――一生。

いま、その言葉のむなしさを思う。

お姉ちゃんが病院に担ぎこまれ、あっけないほど簡単に逝《い》ってしまったのは、私があのひとことをぶつけたほんの数時間後のことだった。

「夏姫ごめんね、ごめんね……」

病院から電話がかかってきたとき、親たちは留守だった。

私は自分の部屋で、ベッドにもたれて膝を抱えていた。その朝見てしまった光景が、烙印《らくいん》を捺《お》されたみたいに網膜に焼きついて、どんなに目をつぶっても消えてくれなかった。

歩太くん――。

歯ブラシ、くわえてた。

上だけ、裸だった。

あんな朝早くに、上半身だけにしろ裸の男が女の部屋で歯を磨くなんて、どう考えたって他の可能性なんかあり得ないのに、それでも私はあの二人の裏切りを信じたくなかった。とりわけ、お姉ちゃん。歩太くんへの私の想いを知っているお姉ちゃんが、そんなひどいことをするはずがない。きっと何かの間違いだ。私の早とちりだったんだ。

膝を抱えて小さく小さく体を丸め、ごうごうと渦巻くどす黒い思いを抑えこんでいた。そうしていないと、自分が何か別の生きものに変わっていってしまいそうな気がした。

そんなときだったのだ。あの電話が鳴ったのは。


お母さんに連絡を取ろうとしたけれどつながらなくて、とるものもとりあえずタクシーに飛び乗った。もちろん、その時点ではまさかあんな大ごとになるとは思ってもいなかった。

救急車、と聞いた瞬間、朝からのお姉ちゃんへのわだかまりは頭から消し飛んでしまっていた。

それを不思議だとは、今でも思わない。たぶん、血のつながった肉親というのはそういうものなのだと思う。

お姉ちゃんが担ぎこまれたときの状況は、わりとすぐに教えてもらえた。マンションの前で苦しそうにおなかをおさえてしゃがみこんだお姉ちゃんを見て、驚いた管理人さんが救急車を呼んだ、ということらしい。

けれど、

「なんの病気なんですか？　盲腸とかですか？」

取りすがるように訊いた私に、担当の医師はなぜだか奇妙な顔を向けて、おうちの方は？　と逆に訊いてきた。そして、どうやら本当に今すぐ連絡は取れなさそうだということを納得すると、ようやく私の質問に答えてくれた。

「切迫《せっぱく》流産です。ついさっき痛み止めの注射をうったので患者さんは落ち着いていますが、赤ちゃんのほうはまだ予断を許さない状況ですね」

夕暮れの日ざしが、病室の窓から斜めにさしこんでいた。

ふらつく足を踏みしめて、そっと入っていく。

たったひとつ置かれたベッドに横たわるお姉ちゃんは、そばまでいって見おろすと、思いのほか穏やかな寝息をたてていた。

(赤ちゃん……て?)

——信じられない、とか。

(誰と……誰の、赤ちゃん?)

——認めたくない、とか。

そんなこと以前に、脳みそが麻痺《まひ》してしまって、うまく働かなかった。いろいろな考えの断片は浮かぶのだけれど、そのすべてが、まるでビー玉みたいに頭の中のテーブルをころころと転がっていって、何ひとつ意味をなさないまま向こうの端からぽとりと落ちる。

くずおれるように枕《まくら》もとの椅子《いす》に座ると、お姉ちゃんの横顔が近くなった。頬《ほお》の産毛や、長いまつげの一本一本が、窓からの逆光に透けて金色に輝いて見える。

八つも年上なのに、おまけに痛みのせいでとことん消耗しきっているはずなのに、私よりずっときれいな肌。ゆで卵をむいたみたいに滑らかで、きめ細かくて、内側からほの白く発光しているかのようだ。

薄い耳たぶにはピアスが光っていた。小さなちいさな銀の卵に金色の羽がはえたデザインのそれは、私が初めて見るものだった。

規則正しい寝息を聞きながら、その肩のあたりの白い上掛けに顔を伏せる。

一度は鎮まっていた暗い思いが、またしてもおなかの底のほうから湧きあがってきて、こらえようとすると、奥歯がぎりっと鳴った。

お姉ちゃんのことは今でも好き……なんだと思う。歩太くんにいたっては、憎いけれど、本気で憎いけれど、それでもやっぱり好きで好きでたまらない。

その気持ちはどちらもほんとうなのに――そもそも歩太くんからはとっくの昔にきっぱり振られているというのに、どうして私は、二人のことを許してあげられないんだろう。

自分自身があまりにも見苦しく感じられてたまらなかった。あんたにはプライドがないのか、と思ってみる。少なくとも歩太くんのことに関する限り、私にはとっくの昔にプライドなんかないのだった。

上掛けの下で、お姉ちゃんの手が、ほんのわずかに動く。無意識のうちにも、おなかのあたりをかばおうとしているらしい。

――いま、何ヶ月なんだろう。

――歩太くんはこのことを知ってるんだろうか。

いずれにせよ彼は、私と一年半付き合ってもしなかったことを、お姉ちゃんに対してはさっさとしたわけだ。

二人がそういうことをしているところを想像すると、胃の底がじりじりと炙《あぶ》られて、真っ黒に焦げつきそうだった。そのへんのものを手当たり次第に壁に投げつけてしまいそうになるのを、ぎゅっと目を閉じてこらえる。思わず、低い呻《うめ》き声がもれた。

昔から、よく似た姉妹だと言われてきた。時には、夏姫ちゃんのほうが顔立ちがはっきりして美人だなんて言われて、内心、得意になったこともあった。でも、そうじゃない。お姉ちゃんが生まれつき持っている静謐《せいひつ》な優しさ——この透明で美しい、時に神々しいと言ってもいいほどの特別な雰囲気が、私にはまったく備わっていない。好きな人を憎んだり、妬《ねた》んだり、恨んだり羨《うらや》んだりしてしまう私の心の、どうしようもなくドロドロした汚いものの気配が、きっと隠しきれずに顔にも表れてしまうのかもしれない。そう思ったら、体のどこにも力が入らなくなった。

立ちあがる気力すら湧かない。おなかと背中のどちらにも大きな穴が空いて、その穴から空気がすうすう漏れていく。いま私の心臓を取りだして見たら、きっと濃くて汚い灰色をしているに違いないと思った。

——と、その時だ。

お姉ちゃんの眉根《まゆね》が苦しげにひそめられたかと思うと、ふいに、まるで引きつけを起こしたように体をこわばらせて息を吸いこんだ。

「お姉ちゃん?」

意識は、戻っていない。

なのに、胸のあたりが信じられないほど大きく波打つ。呼吸が荒い。

「お姉ちゃんッ!」

まぶたが、ひらいた。

お姉ちゃんの目が、私を見た。

もともといつも潤んでいるみたいな真っ黒な瞳が、みるまに濡《ぬ》れていく。

「なつ……」

吸いこんだ息がなかなか戻ってこない。喉《のど》を詰まらせ、しゃくりあげるように息を引きながら、それでも何か言おうとしている。

「お姉ちゃん！　お姉ちゃん、やだ、しっかりして！」

人を呼びに駆けだそうとした私の腕は、けれど、ものすごい力で引き戻された。苦しさのせいだろう、私の二の腕に爪《つめ》を立てたまま、お姉ちゃんはほとんど聞こえないくらいの声で言った。

「……んね」

「え？」

「ごめ、ね。……夏姫、ごめんね……ごめ……」

無理にその腕をふりほどき、病室を飛びだして、金切り声で何と叫んだのだったか——記憶がそこだけ飛んでしまっている。廊下の奥からさっきの医者が血相を変えて走ってくるまでの時間が、永遠のようだった。

何人ものスタッフが駆けこんできては、私を押しのけてベッドに飛びつき、怒号のような指示と返事が飛びかう中で、お姉ちゃんの姿は白衣の人だかりに埋もれてたちまち見えなくなった。私は、がたがた震えながら壁の隅っこに貼《は》りついていた。

(歩太くん)

頭に渦巻くのはただひとつ、彼の顔だけだった。

(歩太くん……歩太くん、助けて歩太くんお願い、お姉ちゃんが……お姉ちゃんが、へんだよ!)

ストレッチャーが音をたてて運ばれてきて、お姉ちゃんはシーツごとくるみこまれるようにしてそれに乗せられた。

そうして――それっきり。

「あんたのせいよ！　あんたのせいでお姉ちゃんは——」

人は、どうして、自分自身よりも大切な誰かと出逢ってしまうのだろう。

そんな誰かを喪《うしな》って、残りの人生をどうやって生きていけというのだろう。


あれ以来――歩太くんは、ぱたりと人物画を描かなくなった。あれ以来というのはつまり、芸大在学中に、裸婦を描いた一枚の絵でイタリアの大きな芸術賞をもらって以来という意味だ。

裸婦のモデルは、もちろんお姉ちゃんだった。歩太くん自身は賞なんかにまるきり興味のない人だから、応募のときは、私が勝手に書類一式を揃《そろ》えて半ば無理やり送った。

お姉ちゃんを亡くした日から、四年の歳月を待たなければ描くことのできなかった絵。魂の地獄のようなあの時期をくぐり抜けて、曲がりなりにも生還した歩太くんが、やっとのことで描きあげたお姉ちゃんの絵に、形のある何かを与えたかったのはむしろ私のほうだったかもしれない。

「俺な。怖かったんだ」

ずいぶん後になって、歩太くんが教えてくれた。彼にとってお姉ちゃんがあんなに特別な存在になった、いちばんの理由。

「親父を見舞いにいくたびに、俺、心の中ではいつもおびえてた。自分もいつか親父みたいになるんじゃないかって。本人だってああなりたくてなったわけじゃないはずなのに、それでも突然なっちまったわけだからさ。同じことがいつかこの先で俺に起こらないってどうして言える？」

それは、母親にも誰にもわからない、血のつながった息子の自分にしかわからない種類の怖れだったと歩太くんは言った。

「だから俺、ふだんから出来る限りいいかげんにふるまおうとしてた。親父は何しろ几帳面《きちょうめん》なタイプだったから、意識して逆のことしてれば少しはマシかと思ってさ。ばかだろ」

言いながら、彼はちょっと苦笑した。

「親父のことは、ほとんど誰にも打ち明けなかった。お前にも黙ってたくらいだもんな。そうやって、一人で抗《あらが》ってるつもりだったけど……でも心の底では、誰かに言ってもらいたかったんだと思う。――大丈夫だよ。お前と父親は全然違う人間なんだから大丈夫だよ、ってさ」

誰にも打ち明けなかっただけに、誰からも言ってもらえなかった言葉。それでいて何よりも欲しかった言葉を、彼女だけが自分に手渡してくれたのだと歩太くんは言った。

それはかりか、あのころ、絵のほうに進みたいという気持ちとお父さんのことを含めた家の事情との間で悩みぬいていた彼に、お姉ちゃんは真摯《しんし》な助言までしてくれたのだそうだ。あの優しくて透明な瞳を、まっすぐに彼に向けて。

〈考えることはないのよ。あなたの年で、そこまで考える必要はないのよ。そんなことを考えなくてもいい時代が、人の一生にはちゃんと用意されているの。あなたはひととは違った環境の家庭で育ったせいで、その年にしてとても大人びてしまったけれど……そしてそれが、あなたをとても魅力的にもしているのだけれど、それでも、あなたになくしてほしくないものがあるの。いい意味での若気の至りっていうか……そうね、つまり、手に入れると決めたら絶対あきらめない、強さや激しさみたいなもの。

——ねえ、歩太くん。もっとがむしゃらに、自分勝手になりなさい。あんまり若いうちから、そんなに冷静でものわかりのいい人間になるのはおやめなさい。あなたが今よりちょっとやそっと自分勝手に、わがままにふるまったとこ

ろで、あなた自身が思っているほどには誰も困らない。お母さまも、お父さまも、誰もよ。人間って、あなたが考えているよりずっと強くてしぶといものよ。少なくとも私は、そう信じていたいわ〉

ふだんの歩太くんは、そんなに口数が多いほうじゃない。とくに私に対しては遠慮がないぶん、そうしてまとまった話をしてくれること自体がずいぶんめずらしいことだった。

お姉ちゃんの絵を描きあげた直後の昂揚《こうよう》もあったのかもしれない。絵の素養のない私には想像するしかないけれど、きっとものすごい安堵《あんど》と達成感と脱力感のさなかにいたのだろうし、同時に、たまらない人恋しさや寂しさに駆られてもいたんじゃないかと思う。だからこそ彼は、私にも思い出を分けてくれるつもりでその話をしたのだろう。

でも、私にしてみればそれは、傷口を広げて塩を塗りこまれるも同じことだった。お姉ちゃんがかつて彼に手渡した言葉と、自分が土壇場で彼にぶつけた言葉との、あまりにも大きな差……。

なにしろあの夕暮れ、息を切らせて病室に駆けつけた歩太くんに向かって私が叫んだのは、

「あんたのせいよ！　あんたのせいでお姉ちゃんは死んじゃったのよ！」

今では自分でも信じられないような、そんなひどい言葉だったから。

わかってはいたのだ。そんな言葉、決して口にするべきじゃないってことくらい。

でも、例によって止まらなかった。

あのとき本当に私が望んでいたのは、ただ、彼にすがりついて、声をあげて泣くことだけだったのに。

「ほんとはこれも、
お姉ちゃんに直接言えればよかったんだけど」

会社の休日にしておかなくてはならないのは、何もベランダの花たちの水やりばかりではない。洗濯も、布団干しも掃除も、全部まとめて片づけていると、すぐに昼になり午後になってしまう。

慎くんとの約束は四時過ぎだった。彼がここに寄って、それから一緒に池袋へ向かうことになっている。

私と慎くんの年の差は、八つ。奇《く》しくもかつてのお姉ちゃんと歩太くんの年の差とぴったり同じだ。

あのとき二人の仲を引き裂いた私が、今になって同じような恋に落ちるなんて、あまりにも虫がよすぎる――。

いくら歩太くんがそんなことはないと言ってくれても、正直言って彼の前に慎くんと並んで立つのはいまだに躊躇《ためら》われるのだが、今日ばかりはたぶん、あえてそうすることにこそ意味があるのかもしれないと自分に言い聞かせて、着ていく服の準備をする。

サックスブルーのシャツブラウスと、とろりと落ち感のある白いパンツを選んだ。

あの二人が揃う前で、あんまり女っぽい格好はしたくないけれど、かといってカジュアルになりすぎるわけにもいかないから、ちょうど真ん中あたりを狙《ねら》ったつもりだった。

私のワードローブのほとんどは、ブルー系か、でなければモノトーンの服ばかりだ。デザインもどちらかというと、こんなふうにシンプルでメンズライクなもののほうが多い。何しろ眉がまっすぐに吊《つ》っていて、顔立ちがきつく見えるせいだろうか、あまり柔らかなラインのものは着ても似合わないのだ。

子どもの頃から、淡いピンクやクリーム色の似合うお姉ちゃんがうらやましくてならなかった。

お姉ちゃんの眉は私とは違っていくらか下がり気味で、そのせいか、笑っている時でもどことなく泣き顔に見えたりもしたのだけれど。


そういえばこの春、私が歩太くんからもらったデッサン帳には、そんな微妙な笑顔のお姉ちゃんもそっくりそのまま写し留められている。ぜんぶで四冊あるうちの一冊。おもに顔のアップや、一瞬の表情や、あるいは体のパーツなどが細かく描かれているものだ。

残りの三冊には、たとえばお姉ちゃんの全身が、それも裸の全身が描かれていたりもしたけれど、歩太くんは、そちらはさすがにくれるとは言わなかった。

大好きな西行法師と同じ、桜の散る季節に逝ったお姉ちゃん。

歩太くんにとっても、お姉ちゃんのイメージは桜色だったのだろうか。

デッサン帳のなかのお姉ちゃんに、彼はときどき、花びらのような淡い色の絵具で彩りを添えていた。

お姉ちゃんが亡くなったあの翌朝——私は、歩太くんに電話をかけた。

彼は、マンションの部屋にいた。呼び出し音が何十回となくむなしく響いても、なおも切らずに待ち続けていたら、ようやく受話器を取ってくれた。無言だった。

「……歩太くんね」

と、私は言った。

「家にいないから、そこだと思ったの」

彼は黙っていた。受話器の向こうからはただ、押し殺すような吐息が聞こえてきた。

「お姉ちゃんのお通夜、今夜になったわ」

口に出すことですべてが現実になっていくようで、声が震えた。再び、歩太くんの吐息が聞こえる。

「……流産だったんだな」

思わず絶句する。どうして彼がそのことを知っているんだろう？　医者が勝手にしゃべるはずはない。だいいち昨日の彼に、そんなことを誰かに訊くような余裕があったとも思えないのに。

「本当のことが知りたいんだ」

なおもしばらく迷ったけれど、結局、事実を言おうと決めた。彼には知る権利がある、と思った。

「そうよ。でも、死んじゃった直接の原因はそれじゃないわ」

「何だって?」急に歩太くんの声が大きくなる。「どういうことだ?」

私は、つばを飲みこみ、それと一緒に、ぐっとこみあげてくるものまでも必死に飲み下そうとした。どうしても声が震えてしまうのを、懸命に抑える。

「ゆうべ……ひどいこと言ってごめんね。お姉ちゃんが死んじゃったのは、薬物ショックが原因だったんだって。担当だった医者が、当然やらなきゃいけないアレルギーテストをしないで、いきなり抗生物質の注射をうったらしいの。三ヶ月程度の流産であんなに突然に死ぬわけがないって言って、お父さんが問いただしたら、やっとそれがわかったの。完全に病院側の責任だって。お父さん、裁判に持ち込んででもはっきりさせるって言ってるわ」

私が鼻をすすりあげるのを、向こう側の歩太くんは黙って聞いていた。その沈黙が、怖くてたまらなかった。

「そう言われてみればたしかにおかしかったの。注射をうってから、ものの十分もしない間に急に呼吸困難におちいって、意識不明になって……。ほんとにあっというまだったもの」

「まさか、お前それ……見てたのか？」

「だって、病院からはじめに電話があったとき、家にいたの私だけだったんだもの。お母さんたちが来たのはお姉ちゃんが、し……」

ああ、まただ。言葉にしてしまうのが苦しい。

「死んじゃってから、あとよ」

とたんに、どっと涙があふれた。

──死。

お姉ちゃんは、死んでしまったのだ。ほんとうに死んでしまった。もう、二度と戻ってこない。

「とにかく、うちの両親、これからそっちを整理しに行くの。だから……」

歩太くんは再び黙りこんでしまった。

「お願いよ、歩太くん」

一生懸命になって、私は言った。

「うちのお母さんを、これ以上傷つけないであげて。お姉ちゃんの相手が私と同い年だったってだけでも充分ショックなのに、この上またそっちで鉢合わせでもしたら、お父さんだって何するかわからないわ」

彼は何も言ってくれなかった。もしかして、意地でもその部屋に残ると言いだすつもりなのだろうか。

ほんとうは、歩太くんに部屋を出ていってほしいのは、親たちのためなんかではなくて彼自身のためだった。両親が、とくにうちの母親が、いざとなったら彼に向かってどれほどきついことを口にするかと思うと、焦燥《しょうそう》で胸が灼《や》けそうになる。

「ねえ、聞こえてる？」

すると、歩太くんがようやく返事をしてくれた。

「……わかったよ」

安堵のあまり、続く言葉が出なくなった。次々にこぼれ出る涙をこらえるだけでせいいっぱいだった。

それでも、どうにか息を整える。そうして私は、いちばん大事なことを伝えようと口をひらいた。

「お姉ちゃん、私の顔を見るなりね、夏姫ごめんね、ごめんね……って言ったの。それからあとは急に苦しみだして、すぐ意識がなくなっちゃったから、結局それが最後の言葉だったの」

言葉を切ると、歩太くんが先をうながした。

「それで」

怖いくらい、低くて鋭い声だった。

「だから私……私もう、歩太くんとお姉ちゃんのこと、恨んでないから。ショックだったけど、恨んではいないから。ほんとはこれも、お姉ちゃんに直接言えればよかったんだけど……」

言いながら、自分に吐き気がした。

今さらこんな繰《く》り言《ごと》を並べたててどうしようというのだろう。さも相手を赦《ゆる》すようなことを言ってみせて、そのじつ、救われたいのは私のほうじゃないか。自分の側の後悔を何とかしたくて、お為《ため》ごかしを並べているだけじゃないか。

けれど歩太くんは、何ひとつ指摘しようとしなかった。

彼のことだから、そういうことも何もかもきっと全部わかっているはずなのに、ただ、さっきと同じように低い、でもさっきとは打ってかわったひどく優しい声で、こう言っただけだった。

「もういいよ。……もう、気にすんな」

我慢できなかった。

私はとうとう嗚咽《おえつ》をこらえきれなくなり、それを歩太くんに聞かれたくなさに、最後にひとこと告げて電話を切った。

「形見に欲しいものがあったら、何でも持っていって」

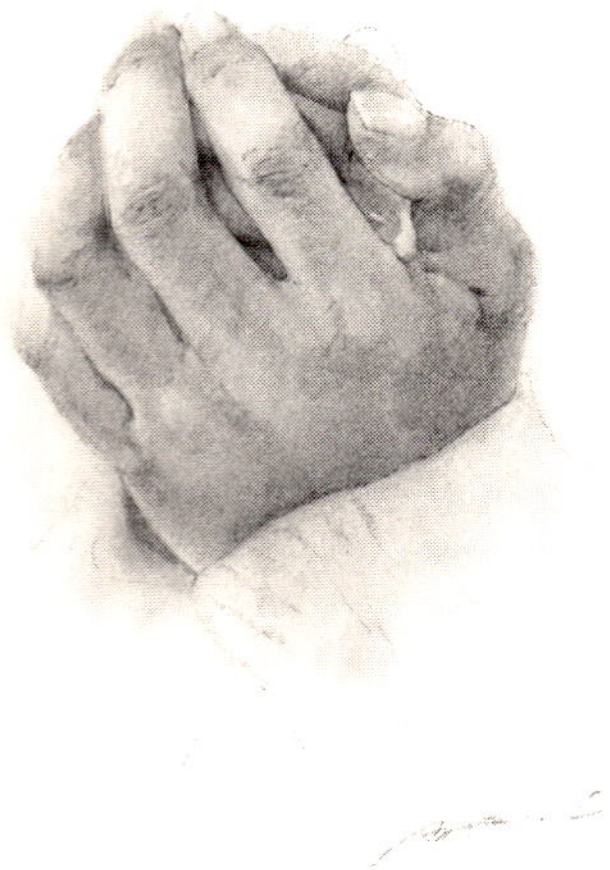

何でも持っていってと言ったのに、結局のところ、歩太くんがお姉ちゃんの部屋から持ち出したのは、例のデッサン帳四冊だけだった。

いや——違う、もうひとつある。お姉ちゃんが編んでいた、小さな毛糸の靴下。きれいな淡いブルーの、片方だけの靴下だ。

歩太くんがお姉ちゃんのおなかに赤ちゃんがいたことを知ったのは、もう誰も帰ってこないあの部屋でそれを見つけたからだった。

今でもたぶん、彼の部屋のどこかにしまわれているのだろう。

実際に見せてもらったことはないのに、一度だけ、酔いつぶれた彼から苦しげにそのことを打ち明けられてからというもの、その靴下のブルーは、私の脳裏にあまりにもくっきりと焼きついてしまった。

話を聞いたことを、どんなに後悔したか知れない。何しろ、以来その青い残像は、折にふれて蘇《よみがえ》ってきては私を苦しめるのだ。

まるで、犯した罪への動かぬ証拠のように。
それとも、永遠に消せない刺青《いれずみ》のように。

「お前のせいなんかじゃない。
いいかげん自分を責めるのは——」

たとえば災害や犯罪などによるショックがもとで起こる精神的な後遺症は、直後ではなく、ずいぶん後になってからふいに顕《あらわ》れることもあるのだという。お姉ちゃんを喪ったあとの歩太くんも、ちょうどそんな感じだったのかもしれない。

何も事情を知らないお母さんの手前もあってか、しばらくの間はふだんとほとんど変わらない様子を保っていたのだけれど、一ヶ月くらい後だったか、お母さんが長年の恋人と再婚してあの古い家を出ていったのをきっかけに、どっと反動が訪れた。背骨そのものが真ん中からぽっきり折れてしまったかのように、生きていく上でのすべての気力をなくしてしまったのだ。

最初のうち、まだ気力を保っている間、歩太くんは何度か私に言ってくれていた。

「ばかだな、お前。春妃が死んだのはお前のせいなんかじゃない。どうしようもないことだったんだ。いいかげん自分を責めるのはやめろよ。な？」

でも、優しげな口調でそんなふうに慰められれば慰められるほど、私はかえって責められているようでつらかった。

どうしようもないことなんかじゃない。お姉ちゃんが死んでしまったのは、どう考えても私のひとことのせいなのだ。私が嫉妬《しっと》にまかせてあんなひどいことを口走らなければ、お姉ちゃんの流産はたぶん起こらなかっただろうし、病院へかつぎこまれさえしなければ注射なんかうたれることはなかったし、そうすれば、お姉ちゃんは死なずに済んでいたはずなのだ。

だからほんとうは、歩太くんに合わせる顔なんてないと思っていた。それでも私は、心配でしょうがなかった。あの家に彼が一人きりになったと聞いたとたん、なんだかとてもいやな予感がしたのだ。

「男のひとり住まいなんてろくなもんじゃないからね。夏姫ちゃん、たまには様子でも見てやってちょうだいよ」

お母さんから冗談まじりに頼まれたのを自分への口実に、何度か電話をかけてみたのだけれど、いくら鳴らしても出ない。

最悪の想像に、とうとう我慢できなくなって訪ねていくと、庭の犬小屋からフクスケが飛びだしてきた。大きな洗面器の底に餌《えさ》はまだ少し残っていたけれど、その半狂乱の歓迎ぶりからして、しばらくろくにかまってもらっていないことは明らかだった。

歩太くんは、薄暗い部屋の真ん中に丸太ん棒のように転がって、ゆっくりと死にかけていた。本人にそのつもりはなかったにせよ、それは緩慢な自殺みたいなものだった。私が行くのがあと二日も遅れていたら、ほんとうに餓死《がし》してしまっていたかもしれない。

いったいどれだけの間、この部屋で、お姉ちゃんの亡霊と二人きりの時を過ごしていたのだろう。

食事もとっていない、それどころか水さえろくに飲んでいないとしか思えないその姿を目にしたとたん、怒りや哀しみ以上に強く私を襲ったのは、この期《ご》に及んでなお、嫉妬、だった。死によって歩太くんを永遠に手に入れたお姉ちゃんへの、あまりにも激しい嫉妬だった。

仰向けに転がったまま、歩太くんの目の焦点がようやく定まる。

こちらを認めたとたん、なんだかひどく迷惑そうな顔になった彼の体に馬乗りになり、思いっきり頬をひっぱたいてやると、彼は低く呻《うめ》いた。

何日もお風呂に入っていない歩太くんのにおいはいつもよりきつくて、でもそれこそが彼の生きている証《あかし》のようで――。

私は、その胸を握りこぶしで叩いて泣いた。

何度も何度も叩いて、しまいには青いチェックのシャツの胸ぐらをつかんで、顔をうずめて大泣きした。

「ふざけないでよ、ばか……あんただけが……あんただけがつらいなんて、思ってんじゃないわよぉ！」

――やがて、歩太くんの手が……あの懐かしい大きな手が、私の頭の後ろにそっと置かれるのがわかった。幾度かためらった後で、

「頼むよ」

彼は、かすれ声を押しだした。

「なあ、泣くなって。――言ったろ？　お前のせいなんかじゃないって」

今でも毎年、桜の咲く季節になると、歩太くんは少しだけバランスを崩す。ほかの人は気づかないかもしれない。でも、注意深く見ているとわかるのだ。いつもに輪をかけて口数が少なくなり、ぼんやりすることが多くなり、お酒と煙草の量がすこし増える。お姉ちゃんと出会ったのは春で、別れたのも春で、どうしても思いだしてしまうからだろう。

ただし、長い付き合いの私の前では、歩太くんはもうそれを隠そうとしない。私にとって、それは、しずかに嬉《うれ》しいことだった。

「誰に何を言われても消えない後悔なら、
自分で一生抱えていくしかないのよ」

大泉東高校、一年C組。

かつて私が担任していた生徒たちのクラス名簿は、いくらか端が傷んだり折れたりはしているものの、まだ私の手もとにある。

その名簿の、〈フルチン〉こと古幡慎一の保護者欄——そこには、両親ではなくて、祖父母の名前が記されている。単なる離婚ともまた少し違った事情があって、彼は、理容店を営むおじいさん夫婦と一緒に暮らしていたのだ。

「今じゃもう、ばあちゃんだけになっちゃいましたけどね」

五年ぶりに再会したとき、慎くんはそう言って、少しせつなそうに笑った。

彼が言うところの「口の減らないバアサン」とは、お互いしょっちゅう憎まれ口をたたき合いながらも、とても仲が良さそうだった。親との間にひそかに距離を感じ続けてきた私からすると、そのあまりの遠慮のなさがうらやましいくらいだった。

おばあさんが突然倒れて亡くなったその朝、慎くんはまだ二階で寝ていて、下の物音には気づくことができなかった。おじいさんに先立たれてから一人で守ってきた理容店、鏡の前に並んだ椅子と椅子との間で、おばあさんはタイルの床に突っ伏すようにして冷たくなっていたのだそうだ。

急な心臓発作が原因だったのだから、慎くんにはもちろん何の責任もない。でも、慎くんの胸の裡《うち》にはあれ以来、二度と消せない後悔が凝《こご》ったままだ。

前の晩に二人の間にどういう感情の行き違いや言葉の応酬があったのか、彼は詳しく語ろうとはしないけれど、でもとにかく――彼もまた私と同じだった。決してぶつけてはいけない言葉を感情のままに相手にぶつけ、それから程なくしてひとり置いていかれたのだ。ほんとうは言いたかった〈ごめんなさい〉を言うこともできないまま。

お通夜の晩に、慎くんは外から電話をかけてきて、明日お葬式が終わったら逢いたいと言った。

「ほんの少しでいいんだ。夜、ちょっと顔見るだけでも」

そうしてほんとうに、家で喪服を着替えるなりすぐにやってきた。きっと、おばあさんの残した気配もまだ生々しい家に一人きりでいるのが耐えられなかったのだろう。その気持ちがあまりにもよくわかりすぎて、私は初めて彼に、今夜はここに泊まっていくといいわ、と言った。


白状すると私には、夢にうなされておかしな声をあげてしまう癖がある。お姉ちゃんが亡くなってしばらくした頃からもうずっと続いていて、さすがにこのごろは少なくなってきたけれど、それでも時々は自分の声で目が覚めることがあった。

お人好《よ》しのお姉ちゃんのことだから、たぶんもうとっくに私を赦してくれてはいるのだろう。私を赦せずにいるのは、だからこの私自身なのだ。

付き合っている相手におかしな声を聞かれるのがいやで、それをきっかけにいろいろ詮索《せんさく》されるのはもっといやで、そのせいでこれまでは誰とも一緒に眠らないできたのだけれど――。

でも、この夜は大丈夫なんじゃないかと思った。たまにかさぶたが剝《は》がれて汚い血が流れる私の古傷よりも、たったいま新たに血を流し始めた慎くんの傷に手をさしのべることで、むしろ私自身も救われるような気がしたのだ。

大きな窓からさしこむ銀色の月明かりの中。

慎くんはやがて、ぽつりと言った。

「やっぱ、俺のせいなのかな……」

「え？」

「——何でもないよ」

何でもないなんてはずはない。だってその呟《つぶや》きは、意味のある言葉というより、まるで獣の呻《うめ》き声みたいだった。

「おばあちゃまの、心臓のこと？」

彼は返事をしなかった。もともと、答えを期待して言ったのではなかったのだろう。

「そうね。確かに、あなたのせいかもしれない。そうじゃないかもしれない。それはもう、誰にもわからない」

「――あんまり慰めには聞こえないんだけど」

「慰めてるつもりはないもの」

「……ひどいな」

「そう？　でも、私がいくら『違うわ、あれがおばあちゃまの天命だったのよ』なんて言ったところで、あなたのその後悔が消えて無くなるものじゃないでしょう？」

慎くんは黙っている。私に注がれる目が――本人は気づいていないだろうけれど、今にも泣きだしそうだ。

でも私は、あえて口にした。

彼ならちゃんと受けとめてくれると思ったから。

「誰に何を言われても消えない後悔なら、自分で一生抱えていくしかないのよ」

その夜、私たちはずいぶんいろいろな話をした。これまで交わした言葉をすべて合わせた量よりも、もっとずっとたくさんの言葉をやり取りした。

やがて慎くんが私にあることを訊いて、私も慎くんにひとつ質問をして、そのうちに私が彼に八つ当たりをして、慎くんがため息をついて——。

そのことに気づいたのは、たしか私のほうが先だったんじゃないかと思う。

窓の外の月が、いつのまにかきれぎれの雲間に隠れ、そのせいで青白い光は幾すじもの束になり、スポットライトのように下の池を照らしていた。

「ねえ、知ってる?」

「うん?」

「ああいうふうに雲間から射す光のこと、何ていうか」

慎くんが黙ってかぶりを振る。

「『天使の梯子』っていうんですって」

もとは聖書の逸話からきているというその言葉を、私はだいぶ前に歩太くんから聞いた。彼の絵にたびたび登場する雲間の光のモチーフを、私がとても気に入っていると言ったら、なんでだかちょっと不機嫌そうに教えてくれたのだ。たぶん、照れくさかったのだろう。

歩太くんが何度もくり返し、彼にしかわからない想いをこめて描いてきた光の束。そのほんものを眺めているうちに、ふと、懐かしい光景がよみがえった。柔らかな光が射しこむ、午後の教室――つっかえつっかえ詩の朗読をするのは、いま隣に立っている慎くんだ。五年前の、まだ私より背の低かった〈フルチン〉。

思えばあのころから、彼の瞳は私だけに注がれていた。自惚《うぬぼ》れじゃないかなんて疑う気も起こらないほど、それは混じりけのない、まっすぐな視線だった。

それが証拠に彼は、初めは文字を目で追っていてさえつっかえてばかりだった詩を、やがては一度も間違えずに暗誦《あんしよう》してみせたのだった。私がその詩を――宮沢賢治の「告別」を、いちばん好きだと言ったから。

「今でも、そらで言える？」

と訊くと、慎くんは首を横にふった。

「いや、残念だけどほとんど忘れたな。ところどころなら覚えてるかもしれないけど」

私は覚えている。今でも全部、見ないで言える。

いつだったか慎くんは私に、この五年の間に自分のことを思いだすことはあったかと訊いたけれど、そして私は答えてあげなかったけれど——要するに、それこそが答えだった。忘れ去ってしまうには、彼の視線はまっすぐ過ぎたのだ。そう、十六歳のあのころからすでに。

「——『なぜならおれは　すこしぐらいの仕事ができて』」

「え？」

「『そいつに腰をかけてるような　そんな多数をいちばんいやにおもうのだ』」

目を閉じた慎くんが耳を傾けるそばで、私はその先をそっと続けた。まるで二人の足もとに、繊細な刺繍《ししゅう》をほどこした織物をひろげるように。

「『もしもおまえが　よくきいてくれ　ひとりのやさしい娘をおもうようになるそのとき　おまえに無数の影と光の像があらわれる　おまえはそれを音にするのだ　みんなが町で暮したり　一日あそんでいるときに　おまえはひとりであの石原の草を刈る　そのさびしさでおまえは音をつくるのだ』」


慎くんの顔が、少しずつ歪《ゆが》んでいく。思いだしているのかもしれない。昔のことを――まだおばあさんもおじいさんも元気でいた頃のことを。

そんな彼を見ながら、私もまた、胸が詰まるのをこらえていた。お姉ちゃんを亡くしてから何年も何年も、時には絵筆さえも握れなかった歩太くんもまた、この詩みたいな苦しみの底から自力で這いあがってきたのだ。

「『多くの侮辱や窮乏の　それらを噛んで歌うのだ　もしも楽器がなかったら』……」

私はそこで口をつぐみ、慎くんを見やった。

「ねえ、最後くらいは覚えてる？」

「『もしも楽器がなかったら』」

目を開けたまま夢を見ているようなぼんやりとした顔で、慎くんはつぶやいた。

「『いいかおまえはおれの弟子なのだ　ちからのかぎり　そらいっぱいの　光でできたパイプオルガンを弾くがいい』」

上出来、と微笑みかけ、私は黙って外を指さした。

慎くんの目が、見ひらかれる。

窓の外には文字どおり、空いっぱいに、青白い月の光でできたパイプオルガンがひろがっていた。

「この世にあるものはみんな、
ほんとうは同じものなんだ」

玄関のベルが鳴った。約束の時間ちょうど。

今どきの大学生のわりに、なんていうのは偏見かもしれないけれど、慎くんは時間にはとても正確だ。きっとそれも、おばあさんが彼に残していった形のない財産のうちのひとつなのだろう。

ドアを開けた私の服装を見たとたん、彼は目を丸くした。

「げ。俺、こんな格好で来ちゃったよ。まずかったかな」

デザインにひとひねりある白シャツに、ごくシンプルなブラックジーンズ。

慎くんはいつも、さりげなくおしゃれだ。

「まずくなんかないわよ、全然」

わざと言ってやった。

「学生さんらしくていいじゃない？」

「ちぇ」

口をとがらせはしたものの、本気で拗《す》ねているわけじゃないのはすぐわかる。年下だからといって、こういう冗談をいちいち真に受けてひがんだりしないのも、私が彼を好きなところのひとつだ。

私は笑って、彼と並んで外へ出た。


石神井池のほとりを駅に向かって歩きはじめると、ほどなく携帯が鳴った。ひらいてみたら案の定、歩太くんからのメールだった。

私の口もとがふっとゆるんだせいだろう、慎くんがちょっと複雑な面持ちで訊いてくる。

「なんだって？」

「ん？　……早く来てくれって」

「だって約束、五時半だろ？」

「だけど、ほんとにそう書いてあるんだもの。『飽きた。早く連れだせ』って」

慎くんがぷっと噴きだす。

「どうせ、さっさと飲みに行きたいだけでしょ」言いながら携帯をバッグにしまう。「今日は社長も一緒だそうだし」

社長というのは、歩太くんがふだん働いている菊池塗装店の社長のことで、ムニールさんというパキスタン人だった。慎くんとも、まあ何というかあれやこれやいろいろあって、もうすっかり顔なじみだ。

「絵ってさ」と、慎くん。「大体いくらぐらいすんの」

「そりゃピンからキリまでよ。なに、買う気？」

「まさか。そういうわけじゃないけど、一本槍さんのはどれくらいするのかなあと思って」

「さあ、詳しくは聞いてないけど。今日行けばわかるんじゃない？」

「うそ、値札なんかついてんの？」

「たぶんね。個展じゃないもの。言ってみれば展示即売会だもの」

そっけない口調で言ってみたつもりでも、どこかに本当の気持ちが滲《にじ》み出てしまったらしくて、慎くんは苦笑いの顔で言った。

「売れると、いいね」

そうだね、と私は言った。


ほんとうにそうだ。一枚でもいいから誰か気に入ってくれる人に買ってほしい。せっかく歩太くんが、それでお前の気が済むんならと無理をしてくれたのだ。失敗に終わらせたくはない。

お姉ちゃんのいないこの十年の間に、歩太くんが少しずつ描きためた、おびただしい数の風景画。その中から特に、光をモチーフにしたものばかりを数枚選びだして、私は知り合いの、そのまた知り合いのギャラリーに持ちこんだ。

初めのうちこそ、かつて賞を獲《と》ったのと同じ路線の人物画のほうが……など と難色を示していたオーナーも、実際に絵を見せたら考えを改めてくれて、と うとう試みにということで今回の催しとなったのだった。今日はその初日。ギ ャラリーでは、常連客を招いてささやかなパーティーが開かれている。

「あんな退屈な絵、俺なら絶対買わないけどな」

なんて、歩太くんは相変わらず醒《さ》めたことを言っていたけれど、私は案外い けるんじゃないかと踏んでいる。一見地味に見えても、彼の絵は、ほかの誰も 真似《まね》できない佇《たたず》まいを持っているのだ。彼の絵が並んだあのギャラリーの雰囲 気が、今ごろがらりと変わっているのが目に浮かぶようだった。

ほんとうは私だって、オーナーのことを言えた義理ではない。つい最近まで は私も、歩太くんに人物画を描いてほしいとさんざん頼み続けてきたのだから。

彼が人物を描かないこと、イコール、まだ本当の意味で立ち直っていないことのしるしのように思えてならなかった。

でも本人は、私が思うより、もっとずっと自由だった。数ヶ月前の晩、あの家の庭に舞い散る桜の下で私が泣いたとき――お姉ちゃんの絵描いてよ、とほとんど駄々をこねるみたいにして頼んだとき、歩太くんは、静かな声で、でもきっぱりと言った。

「描いてるよ。俺の中では、何もかもみんな春妃につながってる。とくに桜を描く時なんか、春妃そのものを描くつもりで描いてる。空を描こうが、森を描こうが、光を描こうが——同じなんだよ。この世にあるものはみんな、ほんとうは同じものなんだ。人物なんていう表面的な形にこだわってんのは、お前だけだよ」

でも私には、彼の言う意味がわからなかった。なんだか屁理屈《へりくつ》をこねて適当にごまかされているような気がした。

ようやく歩太くんの言葉を少しずつ理解しはじめたのは、あの夜、「お前にやる」と仏頂面《ぶっちょうづら》で手渡されたデッサン帳をゆっくり眺めるようになってからだ。

最後のページ——大きな桜の樹の下で、こちらをふり返って笑うお姉ちゃんの肩のあたりには、まっすぐな木漏れ日の束が降り注いでいる。さらさらとした細かい粒子まで見えるかのような、うつくしい光だ。

この同じ光を、歩太くんはくり返し、くり返し、ありったけの風景の中に描き続けているのだろうか。

だとしたら――

だとしたら、もう、いい、と思った。

無理に人物を描かなくてもいい。ただ歩太くんが絵を続けてくれるだけでいい。

なぜなら、それこそがきっと、お姉ちゃんの望んでいたことでもあるのだろうから。

「あなたと出会えてなかったら私、
今でも自分を赦せなかった」

池のほとりから駅までの上り坂は、いつでも少し息がきれる。

風が、汗ばむ襟足《えりあし》を冷やして吹き過ぎていく。

あの夜、歩太くんにもらったデッサン帳を抱えたまま、精も根も尽き果てて座りこんでいた私に、こんなときは思いきって髪を短くしてみたらどうかと提案したのは慎くんだった。おじいさんからみっちり手ほどきを受け、昔は隠れて友だちの散髪をしては荒稼ぎしていたほどだから、手早いとは言えないまでもとても丁寧な仕事をしてくれたと思う。

少しずつ、少しずつ、鏡の中に知らない私が現れてくるのを見つめながら、「なあ」と、あのとき慎くんは言った。「ほんとはまだ、好きだったりするんだろ。あのひとのこと」

私は、否定しなかった。そう、たしかに、好きだった。歩太くんのことを、ずっとずっと好きだった。お姉ちゃんが死んでしまってからも、ほんとうにずっと。

でも、正直言って、今ではもうよくわからないのだった。彼を好きでいることがそのまま、私の原罪であるかのような……。

「私——あなたとこうなって初めて、お姉ちゃんの気持ちがわかる気がした」

黙って手を動かしている慎くんに、私はささやいた。

「べつに、年下の人と恋に落ちる気持ちがっていう意味じゃなくてね。もっと、なんていうか……自分でもどうしようもない気持ち。でも……でもね、どうすればいいのかわからない。だって、いま私が手を放したら、あのひと、ほんとにひとりになっちゃうよ」

するとと、慎くんは静かに言った。

「違うと思うよ、それは」

「……え？」

「ひとりになっちゃうんじゃない。そうじゃなくて、ひとりにしてあげなきゃいけないんだよ。そうやって、夏姫さんもあのひとも、どっちもひとりになって初めて、また誰かと一緒にいたいって気持ちになれるんだ。誰かを求めようと思えるようになるんだよ。そうだろ？　……あのひとが、もう解放してやろうって言ったのは、そういう意味でもあるんじゃないの？　亡くなった春妃さんのことを解放するのと一緒に、生きてる自分自身も解放してやれって——そういう意味で言ったんじゃないのかな。俺は、そう思って聞いてたけど」

涙腺《るいせん》なんて、もうとうにいかれてしまっていた。視神経の奥のほうが、熱くて痛い。

ぎゅっと目をつぶって洟《はな》をすすると、慎くんがカウンターの上のティッシュを、ずいぶんとたくさん引き抜いて渡してくれた。

ふっと思ってみる。同じかたちの〈消えない後悔〉を抱えた、慎くんと私。

その私たち二人が、五年もの時を置いてこうしてばったり出会うなんてこと、ただの偶然ではあり得ないんじゃないか。きっとあの空の高みから、何かの——または誰かの——力が働いたからこそなんじゃないか、と。

そんなふうに考えること自体、どうかしているとも思ったけれど、でも心の底のほうで、とても強くそれを信じたがっている私がいた。

「慎くん？」

ちいさな声で呼んでみる。

「なに？」

「……ありがとね」

「なんで」

「──あの時、私を覚えててくれたから」

目を開けたらすべてが消え失せてしまいそうで、私はまぶたを閉じたまま、そっと言った。

「あなたと出会えてなかったら私、今でも自分を赦せなかった。きっと」

あの日、慎くんが短く切ってくれた髪も、今ではちょっと伸びかけて、でもそれはそれでなかなかこなれた雰囲気を醸《かも》しだしてくれている。

彼の言うとおり、今の髪型のほうがずっと自分らしいと私も思う。


と、携帯がまた鳴った。

「なに。今度はなんて？」

と慎くん。

「……んもう、あのせっかち！」

私はあきれて言った。

――『早く来ないと先に逃げるぞ』

「ったく、へんなとこでは気が長いくせに、こういうとこだけやたらと気が短いんだから」

やれやれと携帯をたたんでしまいながら、坂道の先にひろがる澄みわたったブルーを見あげる。西のほうの空にはいい感じの雲がかたまっているから、夕暮れにはとっておきの天使の梯子が見られるかもしれない。

高みへいくほど濃くなっていく青色が目にしみて、なぜだか鼻の奥がつんと痺《しび》れた。

お姉ちゃん。――大好きだったお姉ちゃん。

元気ですか。そちらの住み心地はどうですか。


もちろん、返事などない。

けれど私はもう、むやみに自分を責めたりはしない。

自分を責め続けることで何かから救われようとする、そんなむなしい堂々巡りは、いいかげん終わりにすると決めたのだ。

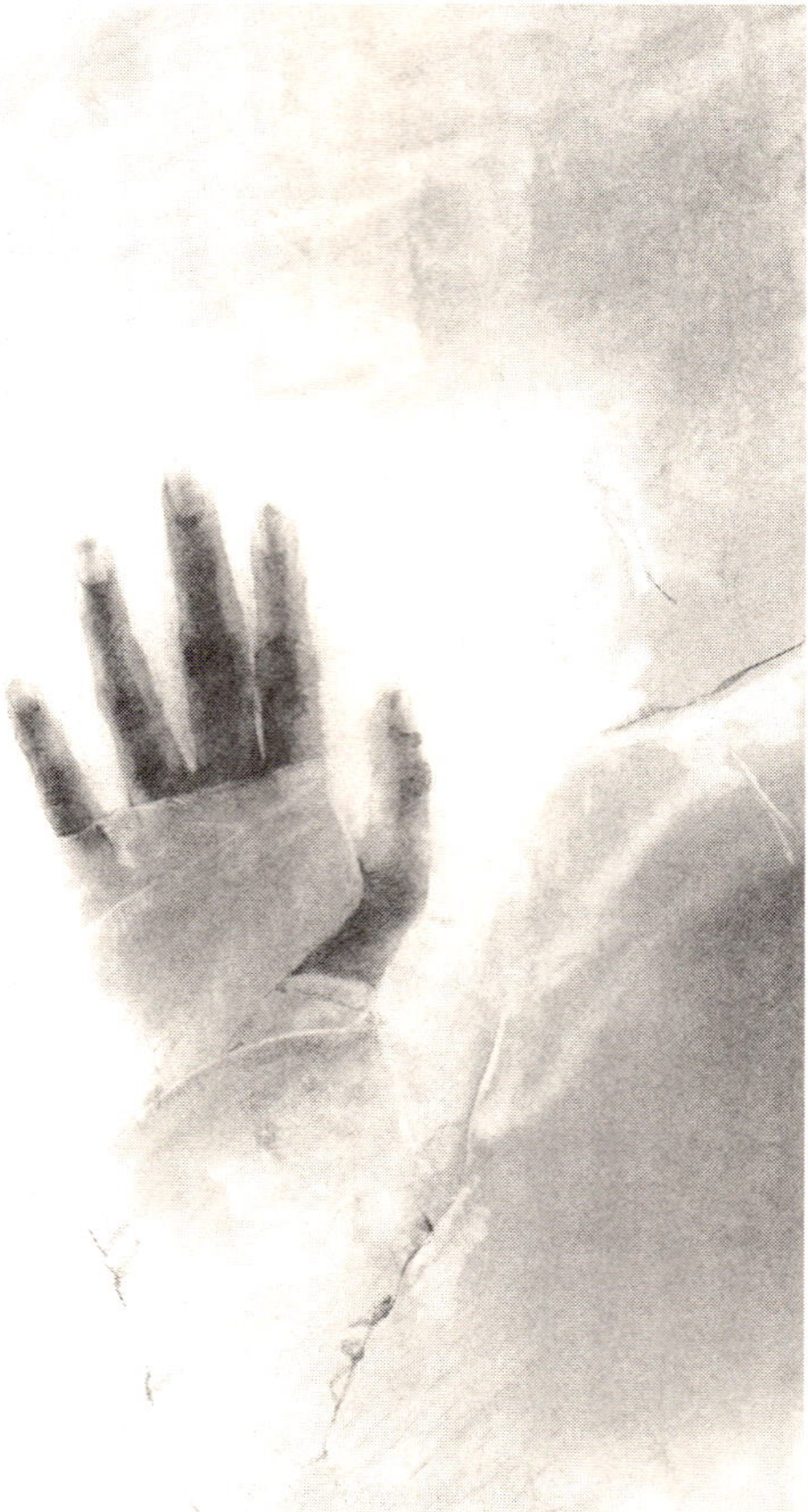

この夏——。
私は、お姉ちゃんの年をまたひとつ追い越す。

あとがきのかわりに

Making of 『Heavenly Blue』

たとえばパーティや仲間同士の集まりのさなか、ふっと会話や音楽などが途切れて静寂が訪れる――そんな時この国では「いま天使が通った(un ange passe)」と言うんだよ、と教えてくれたのはフランス人の友人マルセルだった。もうずいぶん昔、プロヴァンスを旅した時のことだ。

日本語の読み書きが堪能な彼はほかにも、(当時の)私みたいに小食な人のことを「小鳥の胃袋」と呼ぶのだと教えてくれた。あるいは私が千葉に住んでいると聞いて「千の葉っぱだね。これがほんとの『ミル・フィーユ』だ」などと言って笑ったりもした。――ああ、懐かしいな。こんなこと久しぶりに思いだした。

あれから十数年たった今、私はまったく小鳥の胃袋ではなくなってしまったし、ついでに言うとすでに千葉にも住んでいない。ゆえあって、長らく暮らした鴨川を離れ、独りで東京に舞い戻ってきてしまった。

そのあたりのことは、「おいしいコーヒーのいれ方」シリーズ第十巻『夢のあとさき』文庫版のあとがきでも少しばかり触れたけれど、なぜここでまたそのことを蒸し返すかといえば、この『ヘヴンリー・ブルー』を書いていた時期というのがまさに、私が鴨川《かもがわ》から東京へ移りつつあった時期とぴったり重なっているからだ。

重なっていたのはそれだけではない。一方では、ちょうど『天使の卵』の映画化が進んでいたところだった。

『天使の卵』は、一九九三年に「小説すばる新人賞」を頂いた私のデビュー作である。その十年後に書いた『天使の梯子』では、物語の中でもきっちり十年が過ぎていて、登場人物たちもそれぞれ十年ぶん歳を取っている。映画版の『天使の卵』は、この二つの作品の内容が合わさった形になっていた。

ロケはおもに京都で行われた。歩太《あゆた》役が市原隼人、春妃《はるひ》が小西真奈美、夏姫《なつき》が沢尻エリカ、脇を固めて下さる方たちも含めてじつに豪華な配役だった。

晩秋から冬にかけての寒い時期に、私も二度ほど撮影を見にいった。そうして映画版の語り手が〈夏姫〉であることにインスパイアされ、いわば映画とのコラボレーションのような形で急遽《きゅうきょ》書くことになったのが『ヘヴンリー・ブルー』だったのだ。

こういうことを得々と語るのが格好悪いのは承知の上でちょっとだけ弱音を吐かせてもらうけれど――あの時は、ほんとうにしんどかった。創作そのものがしんどいのは当然のことだし、もともとそういうものだとあきらめてもいるけれど（出産がそうそう楽なものであるはずがない）、私生活や精神状態がまったく安定しない中で、迫りくる期限を睨《にら》みながら短期決戦で小説を書くのがあれほど神経にこたえるものだとは知らなかった。このヘタレな私が、よくもまあやり遂げられたものだと思う。

あれから、ほぼ二年半。

当時の自分がどんなふうだったか、細かいところの記憶をたどろうと、久々にあの頃の日記（某ＳＮＳのサイトでけっこうマメにつけている日記）をさかのぼって読んでみた。今ではすっかり忘れているいくつもの出来事のなかに、今でもくっきり思いだせる感情の波立ちが書きつけられていて、自分の日記だというのについ真剣に読みふけってしまった。

記録とは、なんと偉大なものだろうと思った。ある意味これは「メイキング・オブ・『ヘヴンリー・ブルー』」ではないか、とも。

ふだんは数少ない直接の友人にしか公開していない、極私的な文章を、ここに抜粋して載せようと思い立ったのはそういうわけである。

ついでだから、当時執筆しながら聴いていた音楽もかけてしまおうか。「天使」にあやかりたい気持ちで、バロックの合唱曲を切れ目なく小さく流していたのだった。初めての一人暮らしだったから心細くて、それこそ眠っている間もずっと。

バッハ、アレグリ、グノー。キリエ、サンクトゥス、グローリア。

二〇〇六年七月から八月にかけての、私。膨大な、私的言葉の渦。

何しろ読者を限定した日記であるからして、不特定多数に向けたエッセイよりははるかに赤裸々だと思うけれど、それでも丸裸というほどではない。私が丸裸になるのは、自分の書く小説の中でだけだ。

でもたぶん、水着姿、くらいにはなっているかなと思う。

ムラヤマの水着姿など拝みたくない、という方には――すみません。あしからず。

※
※
※

＊七月一日「迷子札」

今ごろになってやっと、東京の仕事場に電話を引くことができた。光通信を利用したＩＰ電話というものだ。

マニュアルだの取説だのという類《たぐい》のものとはいっさい相容れない体質の上に、携帯電話さえあれば別段不自由も感じないので今日までほったらかしてあったのだけれど、いつまでもそのままだと梱包《こんぽう》の箱が邪魔でしょうがない。しぶしぶ腰をあげ、眉間《みけん》にしわを寄せつつ壁のボックスと二つのモデムの配線を行い、ネット上であれやこれやの設定をして、どうにか自分の携帯に電話をかけることに成功したのだった。あーめんどくさ。

まあでも、鴨川の家にいたらまず最初から出来ないと（あるいはやりたくないと）ほうりだしてしまうであろうことを、こちらの仕事場ではどうしても自分でやらないわけにいかんわけで、そういう一つひとつに時間を取られることがものすごく面倒でかったるい半面、一旦《いったん》手を着けさえすればけっこうエキサイティングでもあるから不思議。

今朝は、西洋朝顔のヘヴンリー・ブルーがいっぺんに四つも咲いた。そんなに急がなくていい、一つずつゆっくり咲けばいいんだよ、お前たち。

お昼は御飯を二合炊いて、少し酸っぱくなってきた水茄子《みずなす》の糠漬《ぬかづ》けにおかかをまぶし、卵焼きだのキムチだの鶏わさだのと一緒に食べていたら、東急ハンズから猫の迷子札が届いた。鴨川から連れてきた三毛猫のもみじが、万一ドアから飛びだしてしまった時のためにと、こちらへ越してきてすぐにオーダーしておいたものだ。

田舎では裏山一帯を半径一キロ以上にも渡ってうろついていたもみじだけれど、それでも迷子の心配などついぞしたことがなかったのは、帰ってくるべき家が野中の一軒家だからで、今みたいなどれも同じドアが並ぶマンションから一歩出たら自力では二度と帰ってこられないに違いない。どこかの物陰にかくれ、都会の騒音にすくんで動けずにいる彼女の姿を思い浮かべるだけで、こちらの身がすくむ。

鈴の形をした迷子札は、薄いアルミ製だから一円玉よりずっと軽い。表には「もみじ」、裏には「村山」、それに私の携帯番号。これまで付けていたチベットの鈴も、魔除《まよ》けのお守りだというからそのままにしておこう。

迷子札もお守りも、役に立つ日が来ないことが一番の望みだけれど。

というか正直言って今は、この私こそが迷子のような気分なのだけれど。

＊七月二日「悪くない」

ゆうべ遅く、お風呂に入ろうと服を脱いでいくうちに、あ。とそれに気づいた。頭のなかに数瞬の空白があってのち、苦笑いとともに納得。

はは、そういうことでしたか。それでここ数日、あんなに思考傾向がうつむきがちでしたか。まったく、あんたもほんとに、動物だね。

それでなくとも乗馬の競技で酷使した足首が疼《うず》くのに、ベッドに入る頃には案の定おなかが痛くなってくる。おへその下、ずっと奥のほうで、肉体の内側が音もなく、容赦なく、めりめりとはがれていく感じ。ああもう最低……と思いかけて、いやいやこれは自然なことなんだから、と自分に言い聞かせてみるのだが、しかし痛い。……痛い。自然だろうと何だろうと、痛いもんは痛いんだよう！

何かの幼虫のように丸まって、時折唸《うな》りながら寝返りをくり返していたのだが、明け方ついに我慢の限界をこえ、起きあがって鎮痛剤を二錠飲む。やがて薬が効いてきた頃、とろとろと少し眠ったような気もするのだが、もみじの身じろぎに目が覚めたらまだ七時半だった。外は薄曇り。いいや、もう。起きよう。

いつもは基本的にだらしない私だけれど、経験上、こういうときにダラダラしているとどこまでも堕ちていって再び這《は》いあがるのに苦労するのがわかっているので、まずはきっちりとカーテンを開け放ち、音楽のボリュームを上げる。ことさらに丁寧に歯を磨き、ことさらにこざっぱりと身繕《みづくろ》いをし、ことさらに手をかけた朝食を、背筋を伸ばして食べる。

もみじがぷすぷす鼻を鳴らしているのをつかまえて、入念にティッシュで拭《ふ》いてやる。やや鼻炎気味の彼女は洟《はな》を拭いてもらうと呼吸が楽になるのを知っていて、顔の前にティッシュをさしだすだけで自分から鼻先をぐいぐいこすりつけてくるのだ。よしよし、おまえ、新しい迷子札なかなか似合ってるじゃないの。

痛み止めのせいでどこかぼうっとした頭で、まだタイトルのない『天使の卵』アナザー・ストーリーの原稿を五枚強。勢いがつくにはもう少しかかりそうだが、そこそこ悪くない。何より、一人きりだと集中の度合いが深くて我ながら驚くほど。これで体調が万全なら、もうちょっと捗《はかど》るのになあ。

でも実のところ、ヒトの♀としてはいささか故障を抱えているおかげで年に幾度かしかめぐってこないこの憂鬱《ゆううつ》な数日間が、私はそんなに嫌いというわけでもないのだ。自身の軀《からだ》がゆっくりと、けれど確実に生まれ変わってゆく、その代償としての痛み。たまに味わうその痛みによってようやく、女であることを確認できる思いがする。ふだんはつい粗雑に扱いがちな軀を、けものが傷口をなめるみたいにしていたわり、愛《いと》おしんでやる時間――そう、悪くはない。

夕方の雨が過ぎ去ったあと、ビルの向こうにひろがる夕焼けがあんまりきれいだったので、サンダルにお財布だけ持って散歩に出かけた。屋形船の浮かぶ運河沿いを、いろんな人に追い抜かれながら歩き、帰りぎわに近くの花屋でまたしても鉢植えを買う。

ベランダに吊《つる》した風鈴の下に似合いそうな、風知草《ふうちそう》と、ホオズキと、朝顔の苗二本。部屋の中はゴシックテイストなのに、このままだとベランダだけ純和風になってしまいそうだ。

＊七月三日「夕立の匂い」
北海道でのスピード違反の罰金・一万五千円也を支払いに、自転車で郵便局へ。

先週、もう少しで千歳《ちとせ》空港というあたりを気分よく走っていた時、思いっきりネズミ取りのパトカーにつかまってしまったのだ。高速道路の追い越し車線で、たったの一二〇キロ。自分がものすごい間抜けに思える。

しかも、調書を取った二人の警官のうち、若いほうが私の免許証を見るなり、「えっ、もしかして！　うわあ～、オレ『おいコー』全巻持ってます！」。

……ご愛読ありがとうございます。うわあ～、はこっちのセリフです。

で、年輩のほうからはこう言われた。「今度は別のところでサインを頂きたいもんですな」。……まったく、うわあ～、だよ、うわあ～。

運河の橋のたもとにある小さな郵便局は、入ってみるとめちゃくちゃ混んでいた。そうか、ちょうど会社のお昼休みか。ずっとそういうリズムから遠ざかっていたから、すいている時間帯を選ぼうなんて考え自体、頭の隅にもありませんでした。

さんざん待たされての帰りがけ、隣のビルの地下に、非常に充実したスーパーが入っているのを発見。衝動的に食べたくなった枝豆（千葉産）と、大根半分と、売り場にあった中で一番上等の吟醸《ぎんじょう》味噌《みそ》を購入。このあいだ業務用の店で買った味噌、その名も「京懐石」は、名前負けもいいところでちっともおいしくなかったのだ。まずいお味噌汁って、なんかこう、ものすごく理不尽なことを我慢させられてる気がするのよね。

午後一で、ベランダの柵《さく》のあいている部分にカラスよけの黒ネットを張る。カラスのためではない。もみじのためだ。

これまでは、私が植木の世話をしに出るたび、もみじがついてこようとしてサッシから首を覗《のぞ》かせるのを慌てて部屋の中に追いやるしかなかった。柵から転落死した猫の話はちょくちょく耳にするし、そうでなくとも、隣戸との間の仕切りにはちょうど猫が一匹通り抜けられるくらいの隙間《すきま》があったからだ。

でも、これでもう安心。冷たいお茶のグラスと本を手に、ベランダの椅子《いす》に座って呼ぶと、もみじがへっぴり腰でそろりそろりと出てくる。あちこちの匂いをかぎ、最初のうちは下の道を通る車の音や、裏手の運河から聞こえてくる船の汽笛にいちいちびくっと耳を伏せていたものの、やがて緊張が解けたのか、カヤツリグサや風知草の先っぽをかじり始めた。

高いところで揺れる草を、後足立ちで伸びあがって食べようとしては失敗する姿が、へたくそなパン食い競走みたいで笑える。ごめんよ、猫用の草の種も、昨日ちゃんとまいておいたからね。

そのままベランダで、明後日行われる読売新聞紙上・公開対談のための本を読む。今は読むよりも書きたい気分なのだけれど、これも自分で受けた仕事だからしょうがない。対談の前には二十分ほど一人で講演をしなくてはならないのだが、そっちの内容もまだ考えてないしなあ。後日CSテレビで放送までされるってのに、まいったもんだ。

ちなみに、対談相手の女優さんというのは、映画『天使の卵』で主演をつとめてくれた小西真奈美さんです。芸能界一と言われるほど頭のちっさい彼女。

……ぜったい隣には並ばねえ。

と、やがてカミナリが鳴りだして、まもなく激しい雨になった。四階だから地面がずいぶん遠くて、大好きな降り始めの土の匂いはここまで届かない。かすかに漂う甘い香りは、街路樹の下に植わっているクチナシだろうか。空気がすうっと冷えていく。

ひとしきり降ると雨はやみ、今度はあっというまに晴れあがった。田舎だとこんな時、太陽の反対側の空に必ず大きな虹が見られたものだけれど、ここはビルだらけで今どこに太陽があるのかもわからない。

ふっと、馬たちのことを思った。

さっきの雨雲が、山を越えて鴨川のほうまで流れていってくれるといい。濃厚な土の香りが立ちのぼるなか、夏の夕立が大好きな彼らは、きっと気持ちよさそうに目を細めて立ちつくすに違いないから。

＊七月五日「充実」

ゆうべは二時就寝、対談のための本を読みながらいつのまにか眠ってしまっていたのだが、夢の中でも気になっていたのか、朝七時に目がさめる。

パジャマのままベランダに出て、まずは植木たちに霧吹きで葉水を。蓮《はす》の葉の上を、しずくがルーレットのようにするする滑るのがあんまりきれいで、何度も何度も霧をかける。硬質な輝きを放つ粒が、いくらか集まって大きくなると自重《じじゅう》でおはじきのように平たくつぶれる。さらに大きくなると葉がかたむいてすべりおち、私の足の甲でぴたんとはねる。

気っ持ちいいなあ。本の残りはやっぱりここで読もう。

冷蔵庫からお茶の缶をだしてきて飲みながら、読書のラストスパート。ベランダの床にじかに座りこんでふと目をあげたとき、ここから見る空も思いのほか広いことに気づいた。熱をはらんだ青、量感のある雲。ああ、夏の空だ。

そのうちおなかがすいてきたので、キッチンに立って大根と揚げの味噌汁を作る。今日からはおいしい味噌。前の、おいしくなかった味噌のほうはいずれ魚か肉でも漬けるのに使うことにする。

肉野菜炒《いた》め、里芋《さといも》の煮付け、納豆、キムチ、瓶詰めの塩ウニ、卵焼き、サラダ。もみじが足もとからじいっと見あげてくる。「つかぬことを伺いますが、このごろ食卓からアジの尻尾《しっぽ》やサンマのヒレが落ちてこないのはどういうわけなんですか?」というひたむきな目つき。

もみじよ、あたしゃ今のところ、魚は鴨川でもう一生ぶん食べたような気分でいるんだよ。だからしばらくは、お前の取り分もなさそうだよ。せいぜいニボシで我慢しておくれ。

昼までに、対談の前にしゃべる二十分講演のメモを作り終える。昨秋のモロッコの旅のことを話すのはいいのだが、全体のテーマに決めた「一瞬の中の真実」というキーワードとどう結びつけるかに少々頭をひねる。

メモは、いっぺん作っておくと整理がつくというだけで、いざ話すときにはまずほとんど見ない。自分で言うのも何だが、大勢の人の前でしゃべるのはけっこう得意です。むかし放送劇部（ラジオドラマ部）にいたことや、有線放送のアナウンサーをしていたことも、あるいはＮＨＫの旅のリポーターをしていた経験なども、気分的にプラスに働いているのかもしれない。千人の前でも、あるいは生放送のテレビカメラの前でもあがらずに済むというのは、わりに便利なことだと思う。

夕方六時に原宿のラフォーレ・ミュージアムへ。小西真奈美さんと顔合わせ。うわあ、相変わらず頭ちっちぇえ！　手足が細ぇ！　横に並びたくないのはやまやまなれど、何せ二人きりのトークショー、並ばないわけにもいかんのだわ（号泣）。

彼女とは、昨年十一月のスポーツ六紙囲み取材の時に、京都でちらっとお目にかかって挨拶したきりだから今日が二回目、ほとんど初対面みたいなものだったが、控え室で二言三言話しただけで、このひとは自分の思いを的確に言葉に出来る人なのだなと感心、安心。二時間にわたるトークショーの間、こちらが質問役に徹しなくてはならないかと危惧《きぐ》していただけに、じつにほっとした。

冒頭の講演、途中でスタッフの女性を手招きして舞台に上がってもらい、サハラ砂漠の「青き民」トゥアレグ族の衣装を着せ、ターバンの巻き方の実演も交えたりしつつ、砂漠の一夜での神秘的な体験や、三日間我が身で試したラマダン（断食）のことなどを話す。もちろん、「一瞬の中の真実」と結びつけて。

その後、小西さんも加わってトーク。『天使の卵』映画版の話から始まり、演じること、書くということ、十代の頃のこと、目指している場所、などなどをめぐって話が弾み、二時間があっという間。最後は互いの推薦本を紹介し、主催者側から「くれぐれも」と頼まれていた通り「読書がいかに愉しいか」というあたりへ話を収束させて、時間どおり終了。お疲れさまでした！

いや、まじでくたびれ果てた。彼女との対話自体はとても愉しかったしエキサイティングだったのだけれど、観客の視線やこちらに向かってくる「気」にずっとさらされていると、いくら緊張しないと言ったって消耗はする。この状態がいわば日常になっている小西さんに脱帽。あるいは私のように、たまのことだとよけいに疲れるのかなあ。

彼女と八月初めの次なるイベントでの再会を約束して別れた後は、表参道ヒルズの洋食屋「宮下」で会食。料理がとてもおいしかった。

で、皆と別れたその足で、友人との待ち合わせ先へ。女二人して、夜中の十二時から韓国式あかすりマッサージの予約を入れていたのだ。終わって、濡れた髪のまま友人と深夜営業の喫茶店でおしゃべりしながらだべっていたら、途中でだんだん水色に夜が明けてきて、結局、部屋に戻ってきたのが朝の五時。

これから少し寝たら午後の新幹線で京都へ、そして翌朝早く舞鶴《まいづる》まで移動して、馬頭観音を取材する予定です。週刊誌のタイアップ企画。新幹線のなかで爆睡しそうだけど、同行の編集者には許してもらおう。先にことわっておいて、すまんけど寝かせてもらおう。夜は和食のおいしいお店だそうだしな。じゅるる。

というわけで、本日はなかなかに忙しく、けれど充実した一日でありました。

しかしこのお肌のすべすべ感、あかすりがヤミツキになりそうだ。

＊七月七日

早朝に一度目が覚めて、なんとなくぽっかり満たされた気分で朝顔を眺めながらカフェオレを一杯。ほんとにこの青にぴったりの名前だなあ、「ヘヴンリー・ブルー」って。

ちなみに、書きはじめた小説のタイトルも同じく、『ヘヴンリー・ブルー』に決めました。

とはいえ旅行帰りで体はだるく、もう少しのつもりで再び横になったら昼まで爆睡してしまった。

熱いシャワーで無理やり血の巡りを良くし、洗濯ものを干し、窓を開け放って隅々まで掃除機をかける。パックのゴミを捨てながらソファの上のもみじに、「見てごらんよ、ほとんどがあんたの抜け毛だよ」と話しかけ、返事がないのでふと見たら、相手は猫じゃなくて茶色いパッチワークの革クッションだった。

ちょくちょく見間違えるんだわ。ボケの始まりかね。

小説の続きに取りかかる前に、マスコミ向けに刷る映画『天使の卵』のパブ用リーフレットに寄せて、原作者からのメッセージとやらを八百字。適当にやっつけようと思っても、書き始めればやはり手が抜けなくなる。時間を取られるのが口惜《くや》しいが仕方ない。

送付してしばらくすると、担当Sさんから電話、表紙のラフが四種類上がってきたのでデータで送るとのこと。中身を書き始めたばかりなのにもう表紙ですかい！　とびっくり。外堀からじわじわ埋められていく感じ。

送られてきたものを見ながら相談、四種の中のどの方向でいくかはすぐに決まったのだが、問題はタイトルの文字を『ヘブンリー・ブルー』とするか『ヘヴンリー・ブルー』とするか——私は生理的に「ヴ」のほうが好きなのだが、時代の流れは「ブ」表記だとSさんに言われて悩む。

結局、申し訳ないけれど両方出してもらってみることにした。デザイン上「ブ」の字をあえて重ねるのもなるほど悪くはないけど、ヘヴンのほうが垢抜《あかぬ》けて見えるんじゃないかなあなどと、勝手なこだわりもあったりして……いや、そんなことより、まずは原稿だろ原稿。

夕飯は、ビタミン入りのスープと食物繊維のクラッカーのみ。その後、全身を順ぐりにストレッチ。

まだまだシーズンが続くエンデュランス競技（乗馬の耐久レース）のため……なのももちろんだが、八月初めに予定されている映画完成披露試写会&『天使の卵』百万部突破記念パーティとやらに向けて、ここしばらくはマジでダイエットのつもり。だっておなかまわりがね、ほんとにやばいんですよ(泣)。

十二年かけてようやくの、しかも単行本と文庫本合わせての百万部だけれど、干支がひとめぐりする間とにもかくにも読み継がれてきたのかと思うと、ある種の感慨はある。というかシンプルに嬉しくもある。

ただし――いまだにこの処女作がいちばん売れてるってことにさえ目をつぶれば、ですけどね。

＊七月十日「自分と。」
風鈴のよく鳴る一日だった。ゆうべは暑くてベランダのサッシを細く開けて

寝たせいで、朝方の夢の中でも澄んだ音が響いていた。

何度もうっすら目が覚めながら、どうしても起きられないまま寝返りをくり返す。くたびれていたのは、鴨川からの深夜の電話のせいだ。

八方美人でヘタレの私にとって、何かをズバリ口に出すのはそれがたとえ必要なことであってもひどくしんどいことなのだけれど、故あって今回ばかりは避けて通るわけにもいかず、いっそ二重人格になったつもりで思いきって口にする。よくぞ言いました！　と自分を褒めてやりたい半面、あとから案の定、自身の胃に反動も返ってくるのだった。痛ててて。

ま、しょうがないやね。ジンセイ、戦わなくちゃいけない時もある。

何とって、自分とさ、もちろん。


もみじのしつこい頭突き攻撃に遭い、ようやく起きあがったのが昼前。

なんだよお前、カリカリはまだ入ってるじゃないのよ。……え？　何？　飲み水を換えろ？　はいはい、どうぞ。……え？　水じゃなくてお湯にしろ？

ったく、わがままな小娘だ。

今日という誕生日に届いた花カゴをしみじみ眺めながら、きのう出前で取った中華の残りをチンして食べ（今どきの出前は玄関先で麺《めん》とスープを合わせてくれるのだ）、腹ごなしにベランダに脚立《きゃたつ》を出して、朝顔の上に網を張る。毎日十センチ以上も伸びるツルを誘引するためのものだ。

動いてひと汗かいたらすっかりシャキッとしたので、しばらく集中して原稿に向かい、夕方には自転車でクリーニングを出しに行った。ついでにスーパーに寄って果物を購入。ネクタリンと、名残のサクランボと、キウイ。甘酸っぱいフルーツが好きなんです。

クリーニングは電話一本で集配してくれるサービスもあるのだけれど、それでなくとも部屋にこもりきりの毎日だから、あえて自分で出しにいくほうを選んだ。

風のなまぬるさ、まとわりつく湿気、仕事を終えてあたりのビルから吐きだされてくる人の群れ、歩きながら口々に携帯で話すその内容……。都会にだって、肌でしか感じられないことはたくさんあるから。

＊七月十三日「壊れた」

Ｗｏｒｄが壊れた。たぶん壊れたんだと思う。どこをいじった覚えもないのにいきなり漢字への変換が出来なくなったばかりか、たとえば「それ」と打つと、「ＳおＲえ」と表記される始末。

何だよ、ＳおＲえって！　よりによってこんな、〆切前のテンパッてる時に、ふざけんなあぁっ！

と、ぶち切れていてもどうしようもないので、これを機に、WZ Editorに挑戦してみることにしました。ソフトはとっくに入手済みだったのだけれど、その後は急を要する原稿ばかりだったものだから、試そう試そうと思いながらも、使い慣れたＷｏｒｄから乗り換えるタイミングがつかめずにいたのだ。

ま、いい機会だったんでしょう。こんなきっかけでもないと、踏ん切りがつかないもんな。

しかし、何しろこの種のことには疎《うと》いものだから、字数と行数・フォントや大きさ・背景と文字の色などなど、自分仕様の原稿用紙を作って保存するだけでもえらく手間取ってしまい、しかもちゃんと保存したにもかかわらず、いっぺん閉じると再び同じものを呼び出せなくなってしまう（背景に指定したはずの灰色が元の白に戻っちゃったりする）、その原因をつきとめるのにさらに手間取り、何度もキレそうになりながら午前中いっぱいを費やす。どうにか問題点をクリアした時には、床にぐったり横たわったきり、しばらく起きあがれなかった。

……なんだよな。ったく、なんでこんなに、いろんなことがうまくいかないんだろ。私、何か悪いことでもしたかなあ。

しばらくの間、まるでふつふつと煮詰まっていく鍋底を凝視するみたいな気分でつっぷしていたものの、なんだかものすごく不毛な気がしてきたので、ガバリと起きあがる。ったく、あんたまで壊れてどーしようっての。

部屋着のワンピースからジーンズとTシャツに着替え、『ヘヴンリー・ブルー』（↑結局ウに点々になった）のプロットを付箋《ふせん》でぺたぺた貼り付けてあるノートをかばんにほうりこんで、自転車を出す。

外は猛暑。この夏おそらく一番のカンカン照り。でも皮膚に痛いほどの日ざしがいっそ小気味よくて、駅の向こうまで帽子も飛びそうな勢いですっ飛ばし、たまたま見つけたCD店に飛びこんで、今の仕事のBGM用にバロックを数枚、試聴して購入。

さらに商店街の薬局に立ち寄り、最も目にしみそうな目薬を買い、帰り道の途中ではオフィス街にあるレストランに入って、ブルーベリーのフローズンドリンクを頼んでおいてノートをひろげる。部屋に一人でいるより、気分によってはこんなふうに人の気配のあるところのほうが楽に集中できる場合もあるのだということを初めて知った。

と、やがて携帯が振動して、パソコンのメールが転送されてきた。担当Sさんから、映画のポスター五案の中からどれを『天使の卵』文庫本のカバーに連動させるのがいいか、画像を添付したから意見を聞かせてくれとのこと。

あいにく、携帯では画像までは見ることが出来ない。やれやれ、戻りますか。

買ってきたブルーと白の小さい花束をコップにさし、もはや如何《いかん》ともしがたいほど汗だくだったので、Tシャツとジーンズを洗濯機にぽいぽいほうりこんでバスタブにお湯を張る。季節を問わず、お風呂はかなり熱めのが好きです。

風呂上がりには、冷たいジンジャエールを手にベランダに出て、しばし涼む。ジンジャエールはウィルキンソンに限ります。生姜《しょうが》の香りが強くて、辛くてうめぇんだこれが。

夕立が降ったせいで風はいくらか冷やされ、風鈴の音が心地いい。

そういえば今年はまだ浴衣《ゆかた》を着てないなあ。せっかく着たって見てくれる人もいないのだけれど、自分の楽しみのために着たいなあ。

中学の家庭科のときに縫った浴衣は、白地に藍《あい》一色、立て簾《す》の向こうに百合の花が透けて見えるという地味だけど粋《いき》な図柄で、去年の夏、初めて袖《そで》を通した。この歳になってようやく似合うようになった気がする。合わせる帯は、落ち着いた紫と芥子《からし》色のリバーシブル。後ろではうまく結べなくて、前で結んでぐるっと背中へ回すあたりがちょっと情けないんですけどね。

もみじがベランダに出てきて、テーブルがわりの台の上で偉そうに横になる。明日咲くつもりの朝顔のつぼみがするりと尖《とが》っているのが、なんだかひどくエロティックだ。

さてと。そろそろ夜の部を始めますか。

日がな一日、農場の動物たちの世話をするのも充実していたけれど、時間の隅々までを自分と自分の小説のためだけに使えるというのは、これはこれで、なんともいいものです。

＊七月十四日　「才能の在庫」

朝方までパソコンに向かっていたものの、どうにも思うようにはかどらず、そのうちキーボードに指を置いたまま舟を漕《こ》ぎはじめてしまったので、しかたなく目覚ましをかけて服のまま横になる。〆切を思うと胸は騒ぐが、ずっと寝ないわけにもいかないのだし。

浅い眠りの中、なんだかひどくせつない夢を見てじっとり汗をかき、結局は目覚ましが鳴るより前に起きあがって、すぐさままたパソコンの前に座る。と、どういうわけか今度はふいに結び目がほどけた。

うん……。うん、よし、書ける書ける、大丈夫。ああよかった、ほっとした。

曲がりなりにも干支が一周するより長い間この仕事を続けてこられたわけだから、才能とかいうシロモノが自分にまるきり備わっていないとまでは思わないけれど、かといって永遠に在庫が保証されているわけではないので、時折じんわりと焦ってしまうのであります。

根は楽天的でありながらピンポイントでものすごくネガティヴになる、でもむしろそれこそが私の強みであり、秘めたる可能性なんじゃないかという気がするな。そうさ、そういうことにしておこう。

午後は一時から、近くのホテルでインタビューを受ける。政府の広報がらみの小冊子。春先に依頼があったときは気分的に余裕が無くて、たぶん七月半ば頃なら大丈夫じゃないかと思います、などと適当なことをほざいて約束してしまっていたので、今さら断るわけにもいかなかったのだ。

で、しょうがないからここぞとばかりに映画化と『ヘヴンリー・ブルー』のことを売り込んでおいた。向こうの聞きたがる田舎暮らしの話なんて、去年エッセイ集が出た頃だったならまだしも、いま書いてくれたって何の足しにもならんもん。

しかし、時々いるんだよなあ。徹頭徹尾、「○○の時はこれこれだったんですって？」という具合に誘導的な訊《き》き方をするインタビュアー。これまであちこちに載ったインタビュー記事にばっちり目を通してきたのはわかるのだが、こちらの著作そのものは一冊読んであるかどうか。

いや、べつにいいんです。作品をめぐるインタビューでない以上、必ずしも何冊も読んできてくれとは言いません。けど、いちいち、あらかじめ答を想定した質問ばかりされると、こちらとしては誠意を持って答える気をなくしちゃうんだよ。この人の頭の中にはもう、書こうとする記事の形が決まっていて、こちらの答はいわばその裏付けというか補強みたいなものに過ぎないんだなと思うと、わざわざ割《さ》いたこの時間はいったい何なんだよという気分にさせられてしまう。態度には出しませんけどね。

ニコヤカに別れて部屋に戻り、気分直しに朝顔をひとまわり大きな鉢に植え替え、盥《たらい》の金魚とメダカに餌《えさ》をやりながら、ふうっとひと息。

ま、とにもかくにもああして売り込んじゃった以上は、予定どおり上梓《じょうし》できるよう、せっせと書かなきゃしょうがあんめえ。

＊七月十五日「恐怖」

凄《すご》い雷だった。午後一時過ぎから遠くで鳴りはじめたなと思っていたら、ピカッと光ってから雷鳴までの間隔がどんどん、どんどん短くなっていって、ついにはどこかすぐ近くに二発続けて落ちた。窓ガラスが裂けるかと思った。

その頃には、もみじはとっくにベッドの下へ。一緒に入れない私は、ひたすら涙目で頭をかかえこんで小さくなっているしかなかった。マジで、おしっこちびりそうだった。

この歳で雷が怖いなんて格好悪いとは思うのだけれど、こればかりは生理的なものなのでどうしようもない。遠い雷鳴なら風情《ふぜい》と感じる余裕もあるのだが、心臓に響くようなのは、お願いだから勘弁してほしい。

子どもの頃、近所の原っぱに一本だけ立っていた木に雷が落ち、縦に裂けて焼け焦げるところを間近に見たのと、ちょうど同じ頃、野球帽の後ろの留め金に落雷を受けて死んだ男の子のニュースを耳にしたのとで、以来、ほんとに駄目になってしまった。

こういう恐怖心って、今から克服する術《すべ》はあるものなんでしょうかねえ。やれやれ。

そんなこんなで本日はどこへも出かけず、雷の間パソコンの電源を落としたほかは、ひたすら原稿に向かっていた。

普通の小説というよりは、主人公によるモノローグが断片的に連なっていく形のものに、勝手になっていっている。この際、流れにまかせてみよう。

しかし、語り手である〈夏姫〉の述懐に今現在の私自身の心境が色濃く顕《あらわ》れすぎているせいで、これまで書いたところを読み返すのがいささかならずしんどい。

とはいえ、そこできちんと距離を取って推敲《すいこう》しないと、ただの感情の垂れ流しになってしまうしな。極私的なことを、普遍にまで届かせることができるかどうかの境目。おろそかにはできません。

どこやらからのお中元のベーコンの塊と、茹《ゆ》でて冷凍したまま忘れていたアスパラを、シンプルにフライパンで焼く。さらに炊きたて御飯の上には、このあいだの誕生日に編集部から送られてきたカラスミのあれこれを乗っけて食す。めっちゃおいしい。カラスミ、大好物なのです。

食べるときは、ちゃんと食べる。それ、大事。

＊七月十六日「朝帰り」

夜中の一時半に、友人と待ち合わせて六本木へ。

ううむ、こういうのは都会暮らしならではだな。夜遊びなんて、正真正銘、生まれて初めてです。何しろ時代錯誤じゃないかってぇくらいに門限の厳しい家だったのだ。まあそれでも、親の目を盗んでけっこう悪さしてましたけどね。結婚してからは、てっぺんを過ぎて友達と遊ぶなんて絶対にありえなかった。

　こんな時間でも六本木ヒルズの書店周辺には人々がごく普通にたむろしていて、そのあまりの普通さにかえってびっくりする。なかにはコーナーに置かれた椅子でアートの本を広げながら舟を漕いでいる人もいた。帰って家で寝ればいいのでは……？

　スタバでコーヒー、だけのつもりで出てきたはずが、二人ともおなかがすいていることが判明。食事の出来るカフェまで夜道をてくてく歩き、生春巻きと麺入りトムヤムクン、アジアンカレーラーメン、の夜食三昧《ざんまい》へと突入。さらにダイエットコークとライチジュース、おかわりのジャスミンティーで、朝まで愚痴こぼし大会。お互いよく似た悩みをめぐって毒を吐きまくり、ついでにそんな自分たちを笑いのめしたら、だいぶすっきりした。

　創作に活かせる鬱屈《うつくつ》ならばむしろ抱えておけばいいけれど、そうでない鬱屈は吐きだしてしまうに限る。いわば心のデトックス。こういうとき、信頼できる女友だちの存在はほんとにありがたいです。

すっかり明るくなった街を、散歩がてら、並んでずんずん歩く。公園のベンチで寝ている人、植え込みのゴミを拾う人、消防車を洗う人、コンビニの前にしゃがんで缶コーヒーを飲む店員……。車はまだ少なくて、大通りが閑散としている。夢の中に出てくる街みたいだ。

空気は生温かく湿っていたけれど、それでも、麻のワンピースの裾《すそ》をひるがえし風を切って歩くのは気持ちよかった。鴨川の、真夏でもひんやり冷たい朝の空気とは全然違うけど、それとはまた別の小気味よさがある。

どう言えばいいのだろう——山の空気が気持ちいいのは当たり前で、それはもう誰にとっても爽《さわ》やかに感じられるに違いなくて、でも、都会の朝のけだるい空気を気持ちいいと感じるには、パワーが要るのだ。自分のなかにそれなりの力が蓄えられていないと、この朝を受けて立つことができない。

だから今朝は、おかしな言い方だけれど、歩きながら自分がちょっと愛おしかった。

何だかんだ言って、あんた良く頑張ってるよ。誰が認めてくんなくたって、この私が認めてやるよ。うん。

部屋に戻ったのが六時半、そのまま糸が切れたみたいにベッドにつっぷして寝てしまい、でも四時間後にむっくり起きあがる。さあ、仕事だ仕事だ。熱いお風呂に浸かって目を覚まし、そのあと、きちんと朝ごはん。チーズ入りオムレツと温野菜のマリネ、ミルクたっぷりのカフェオレ、北海道の手作りバターをのせたトーストに、ハチミツ、柚子《ゆず》のジャム。

鳴きながら額をこすりつけてくるもみじにも缶詰を開けてやる。今日のひと缶は、「まぐろ・荒削り」。あの手この手のネーミングで飼い主の心をくすぐってくれますなあ。

数日前までのもみじは、ひとりきりでベランダに出てもどこかへっぴり腰で、ちょっと物音がしただけでそそくさと部屋の中へ逃げこんでいたのだけれど、今日は初めて、自分から柵の上に飛び乗った。そのまましばらく、下の道をゆく車や人を物珍しそうに眺めていた。

お互い、こうして少しずつ、街の暮らしに馴染《なじ》んでいくんだね。

＊七月十七日 「この木なんの木」

今夜じゅうに『ヘヴンリー・ブルー』、とりあえず書き上がったところまで編集部に送付しなくてはならないので、日記はそこそこ手短に。

先週だったか購入して、配送を頼んでおいた植木がやってきた。とあるコジャレた雑貨店の片隅にあって、その観葉植物らしくない自然な姿に惹《ひ》かれたのだが、訊けば丈が三メートルと高すぎるせいで二年も売れないままだという。

そういうことなら、うちの子におなり。天井高だけは自慢なんだよ。

今日などは朝から夕方みたいな天気で、雨も降ったりしてずいぶん涼しかったのだけれど、運んできてくれた男の人は額に大汗をかいていた。よほど重かったらしい。

でも思った通り、高さはぴったり。枝ぶりもぴったり。ベッドに仰向けになって見あげると、まるで原っぱの樹の下で昼寝をしているような気分になれるのが嬉しい。名前はバーデリーとあったのでサイトで調べたところ、一般的にはショウナンゴムノキの名で流通している、とても丈夫な植物だった。

うーん、しかしベランダといい部屋の中といい、だんだん森のようになっていくなあ。もうあんまり衝動買いばかりするのはやめよう。

運んでくれたその人のほかには、誰にも会わず、誰ともしゃべらない一日。食べる、飲む、トイレ、以外はひたすら原稿に向かう。BGMは先日新たに買ってきたバロック集。アレグリの「ミゼレーレ」と、ヴィヴァルディの「グローリア」に打たれる。

昨日から着たきり雀《すずめ》で髪はぼさぼさ、もちろんすっぴん、でも充実。仕事がそれなりにはかどると、精神的に安定する——という図式があまりにもはっきりし過ぎていて、我ながらあきれてしまう。

どうもなあ、書いていないと自分を、あるいは自信を、健全に保てないというのも何だかなあ。でも、だからこそ書くしかないと思えるのなら、それはそれでいいのかなあ。

明日はちょっとだけ中休み。久しぶりに髪など切ってきます。前髪が目に入って痛いんだよ。

＊七月十八日 「安楽椅子」

目覚めると今日も雨。サッシを開けたら冷たい空気がさあっと流れこんできて、あんまり気持ちがよかったので、ひとりベランダで朝食。ベーコンエッグとサラダ、トーストに紅茶、頂き物のメロン。んまいっす。

下の道を走る車の音が濡れている。もみじは、柵に飛び乗って見おろす景色がすっかり気に入ったらしい。下界を行きかう色とりどりの傘を、飽きもせずにじいっと眺めている。

美容院の予約は夕方五時半に入れてあったのだが、買いたいものがいくつかあったので、二時過ぎに部屋を出て新宿の伊勢丹へ。驚いたことに、世は夏物バーゲン一色。夏なんてまだ始まったばかりじゃん！ いや、ありがたいんですけどね。

とはいえ、今はひたすら仕事脳のせいか、はたまた見せたい相手がおらんせいなのか、着飾って自分を少しでも綺麗に見せようという気持ちそのものが起きなくて、服を眺めていてもいまひとつ気合いが入らない。

入らないが、それでもそれなりに買いこんだ。ただし、カジュアルなものばっかか。ほんとは八月初めのパーティに備えてフォーマルなドレスでもと思って見にいったはずなのに、実際に買ったのはなぜだか、ラルフローレンの限定ポロシャツだの、ヴィヴィアン・ウエストウッドのメンズっぽいワークシャツだの（どちらもほぼ半額）、ついでにユニクロのタンクトップだの……。

あ、でも、仕事着用にシックな黒のワンピースも買いました。もちろん洗濯機で丸洗いできる、皺《しわ》になりにくい素材のもの。

というのも、いま執筆中の『ヘヴンリー・ブルー』は夏姫という女性の一人称で進んでいくのだが、彼女がまあ女の塊みたいな人物なので、となれば書いている私も、襟ぐりのよれたTシャツとジーンズみたいな格好よりは、できるだけスカートのほうがよろしかろうという……。

ほんと、気分の問題に過ぎないのだけれど、私にとってはその気分がけっこう大事なのです。物事何でも、かたちから入るほうですの。

カットとパーマで、たっぷり二時間半。それでなくともパソコンの前に座りづめで腰が痛かったのに、ますます痛みがひどくなる。

数年前から使っている仕事用の椅子は、人間工学に基づいた何ちゃらがどうとかこうとかで、買ったときは確か十五万以上したはずなのだけれど、立ったり座ったりの事務仕事ならともかく、長時間座りっぱなしの仕事には向いてません。ランバーサポートが聞いて呆《あき》れる。もうクビだ、クビ！

かといって腰の負担を軽減するという評判のバランスチェアも、ずっと膝《ひざ》をついてなくちゃならないなら、おそらく両膝に故障を抱える私には辛いだろうしなあ……。

そんなわけで、今夜のところは苦肉の策で、でっかい安楽椅子をパソコンの前に移動させて書いている。前にアリゾナで買って船便で送ったもので、いやもう、思いっきりヤンキーサイズ。

はっきり言って場所を取りすぎて仕事用には邪魔だけれど、足置きが持ち上がるので、膝の上にワイヤレス・キーボードを載せればなかなか楽ちんではある。この姿勢だと、目からディスプレイ画面までの距離は二メートル以上。遠視でよかった。

ちなみにこの安楽椅子、飛行機のファーストクラスよろしく、背もたれもほぼ水平にまで倒せる。これじゃ安楽すぎて、書いてるうちに寝入ってしまいそうだ。

早いとこ、まともな仕事椅子を見つけないと。

＊七月十九日　「チュウチュウ」

目が覚めるなり、傘をさして近くのオフィス用品店へ走る。ゆうべ三時ごろ、例の小西真奈美さんとの公開対談をまとめたゲラがファックスされてきたのだけれど、一枚目の送付書が出てきたところでいきなり電話機が、ピーッ。

「インクフィルムガ・ナクナリマシタ。コウカン・シテクダサイ」

こ……交換⁉　そんな買い置きなんて無いっつの‼

で、朝を待って急いで店に走ったわけである。幸い在庫の最後の一本を無事ゲット、戻って十六枚をプリントアウトし、ちまちまと手を入れて返送。

しっかし、歩いて二分の道路っぱたにオフィス用品の専門店があるというのは、やはり東京ならではである。鴨川だったら、たとえ駅の真ん前に店を出しても即座につぶれることでありましょう。

出かけるのに傘をさして歩くということ自体が、考えてみれば久しぶりだ。田舎暮らしだと、玄関前からすぐ車を運転して出てしまうから、雨の日でもほとんど傘など要らないのだ。同じ理由で、コートもしかり。気が早いけど、この冬はちゃんとしたオーバーを一着買わないとな。

ずっとしまってあった一番お気に入りの傘（黒地で縁のところだけがいろんなブルーのグラデーションになっている）をさして、雨の中をゆっくり歩くのは気持ちよかった。石畳に折り重なって貼りついているポプラの落ち葉が、まるでモザイクのようで美しい。

昨日買ってきたばかりの黒のワンピースを着ているせいで、今日の私は心の底から「女バージョン」。いや、日によっては心の底から「男バージョン」のときもあるんです。友人に言わせると、顔つきや声まで変わるらしい。

ともあれ、そうして好きな傘を手に、好きな服を着て、冷たい空気を深呼吸しながら歩いていると、なんだかわけもなく昂揚《こうよう》してきて、向かうところ敵なしといった気分になってきた。その気分のまま部屋に戻って、わしわし仕事する。

午後、宅配便で届いた映画『天使の卵』の最終版ビデオを観ていたら、クライマックスでも何でもないところでまたしても涙ぐんでしまった。

前に第一号のラッシュを観たときも、同じところでそうなったんだよなあ。

小西真奈美さん演じるヒロインが、傷心の果てに、主人公の作ってくれたスー

プをようやくひとくちすすって、

「……おいしい」

と半泣きの顔でつぶやくシーン。

人がものを食べるシーンって、なんでだか弱いのだ。


私がめずらしく仕事に没頭しているせいで、もみじが拗《す》ねている。

そんなねえ、気まぐれにスリスリ甘えてこられたって、そういつでも構ってはあげられないんだよ、というのを伝えるために、フーッ！　と猫語で吹いて追い払ってやると、ヤケを起こした彼女、おもちゃのネズミを抱えこんで後足で蹴りまくっている。そのたびに、おもちゃがチュウチュウ、と鳴く。

チュウチュウ。チュチュチュウ。チュチュウチュウ、チュチュチュウチュチュウチュチュチュチュウチュチュチュチュチュチュ……

わかったってばもう！　こっちおいで！

＊七月二十日「カロリーオーバー」

ゆうべは四時過ぎに限界がきて、就寝。

明け方、とあるメール一本で、ここ二十日間ほどの緊張がどっとゆるむ。というか、ゆるんでみて初めて（あるいは改めて）、どれだけ久しく胃のあたりがこわばったままだったか思い知った感じ。あーあ、まったくまったく、と苦笑しつつ、甘えて顔を寄せてくるもみじを抱き直し、涼しくて気持ちのいい二度寝。

起きたら十一時。昼だけど、朝ごはんです。カラスミのクリーム・スパゲティを作る。これがまあ、あんた天才じゃないのってぇくらいに美味しくできたので大満足。しかしカロリー高そうだな。夜は軽めにしておこう。

しなくてはならないことが切羽詰まれば詰まるほど別のどうでもいいことがしたくなるのは、試験勉強をしていた昔と変わらない。仕事の合間になんとなく思い立って、いろんな同業者のブログを覗いてみたりする。

しかし、拝見する限り、同業の人たちの多くはずいぶん過酷な環境下で書いているのだなあ。たぶん、わざとなんだろうと思う。

私も最近、これまたとある事情から、今までどおりの〈恵まれた環境〉ではどうしても書けなくなってしまって東京に仕事場を持つに至ったわけだけれど——これでもう、逃げも隠れも出来ない。理由が何にせよ、何々だから書けないなんて言い訳は、誰に対しても、自分に対しても通用しなくなってしまった。はからずも背水の陣を選んだことに、後から気づいた間抜けです。ま、ここが正念場ってことで。

夜になって、読売新聞に載る予定の写真が送られてくる。ああ、小西真奈美ちゃんてば、なんて可愛いんだ！　これで三十前ですかい！　どう見ても十代にしか見えないよ!!

一方、おいらはといえば……。…………。…………。ま、今をときめく女優さんと比べること自体が間違いですから、あはははは。

うう、マジで痩《や》せよう。（↑そういうレベルの問題か？）

＊七月二十一日「自堕落で自由」

朝方にずるずる寝て、昼前にふらふら起きる。このところ、そんなふうな生活リズムが定着しつつある。

ちゃんと自炊することもあるけれど、コンビニ弁当で済ませてしまう時もあり、お風呂もせっかく沸かしたのに入らなかったり、かと思えばとんでもない時間にシャワーを浴びたり、夜中にふらふら遊びに出たり、昼の日なかに居眠りしてみたり。

動物たちの世話から解き放たれたと思ったら、とたんに自堕落になってしまった。まあ今はそれもいいか。

午後二時、集英社のSさんが、カメラマン氏とともに初めてこの部屋を来訪。こんどの新刊と映画関連のパブに備えてポートレートを撮影するのだという。

Sさんの手もとにあるストックは二、三年ばかり前に撮ったもので、私としては、いつまでも若いかのように見せるにはそれを使ったほうがいいんじゃないかとセコいことを考えたのだが、Sさん曰《いわ》く、

「逆よ、逆。三年前の写真より、最近のあなたのほうが何でだかずっと若々し

いんだもの。だからわざわざこうして撮りに来たんじゃないの」

そんなもんですかねえ。ま、そりゃあ何より。

けど、あれだよね。ほんとに若い人に「若々しい」とは言わないよね（泣）。

天井に剝《む》き出しで張り巡らされているレールに、しまってあったライトまで全部取りつけて、こうこうと明るくした部屋のあちこちでバシバシ撮影。

「どの角度から撮っても使えるなあ」

とカメラマン氏に言われ、一瞬喜びそうになったが、私のことではなかった。部屋の話であった。同じマンションのほかの部屋はほとんど、写真スタジオに使われているくらいだからね。

本日のおいらも、例によってスカート姿の「女バージョン」だったのだが、椅子を後ろ向きに大またぎして座ったり、ベッドの上でくつろいだり、ソファにもたれてあぐらをかいたりと、なんというかこう、ものすごく自由な感じで写してもらえたので、久しぶりに撮られて楽しい撮影でありました。嫌がるもみじを無理やり羽交い締めにしながら容赦なく笑い転げたりもしていたせいか、見ていたSさんは半ばあきれたように言うのだった。

「心境の変化っておっそろしいわね。自由な気持ちがここまで表情に出るなんて」

そんなもんですかねえ。ま、そりゃあ何より。

とはいえ、一時間近くも被写体になり続けるというのはけっこう消耗するもので、二人が帰った後は、お茶をすすりながら雑誌などをぼんやりめくる。

お持たせのケーキ（ムースというのか）を調子に乗って二つもたいらげてしまったので、夕食はつつましく、豚しゃぶサラダと冷や奴《やっこ》のみ。夜更かしして、夜食にあれこれつまんでたんじゃ同じことなんだけど。

＊七月二十二日「とほほ」
朝のうちは薄日が射していたのだが、やはり分厚い雲には勝てなかった模様。どうせ電気をつけなきゃ暗いのだからと、夕方四時くらいから遮光カーテンをぴっちり閉めてしまって、集中して書く。

いつのまにかほんとの夜になっていることに気づき、慌てて、久々の洗濯。着る服はともかく、なんと穿《は》くパンツがなくなってきちゃったよ。我ながらだらしないなあ。とほほ。

洗濯機を回しながら先にシャワーを浴び、浴室換気扇を強にして、バスタブの上に渡しかけたバーに大量の洗濯ものを干しまくる。ここしばらく、気分的に例の「女バージョン」が続いているせいで、干し物も妙に色っぽい趣《おもむき》のものばかり。眺めていたら、なんかHな気分になってきちゃったよ。我ながらしょうがないなあ。とほほ。


友人から、琉球ガラスの香炉と、月桃のお香が届く。前に、ピンとくるものが見つかるまでもうちょっと待っててね、と言ってくれていた誕生日プレゼント。趣味のいい人の贈り物はたいてい、こんなふうに佇《たたず》まいが控えめで、そのぶんじんわりと心に響く。

さっそくお香を焚《た》いてみる。鴨川の部屋では気分転換によく焚いていたけれど、こちらの仕事場には持ってきていないので、そういう意味でも嬉しかった。

細い煙がたなびくと、柔らかな、懐かしい匂い。幼いころ預けられていた大阪の祖母の家を思いだす。蚊帳《かや》を吊って寝る薄暗い仏間にはいつも、お線香のいい匂いがしていた。

そのころ体をこわして療養していた母が、なんとか起きて東京から長距離電話をかけてきたとき、遊ぶのに夢中だった娘の私は「今いい、あとで」と言って出ようとせず、受話器の向こうの母を泣かせたそうだ。

……香りひとつで、いろいろ思いだすものだなあ。

＊七月二十三日「あの夏」
なんでだか、昨日の日記の「パンツ」に反応のコメント多数あり。なんでだ。ちなみに、そのうちのお一人、馳星周さんはまだご自分のパンツには欲情した経験がないそうです。ふ、お子ちゃまねえ。

なんつって、かくいう私も、いったいどういう回路でああなったのかよくわからない。「男バージョンの自分」が、そういうひらひらしたのを脱がすというシチュエーションを想像してのことだったのか、それとも「女バージョンの自分」がその逆のことを想像したからなのか……。

ややストレート寄りのバイを自認するおいらですが、こういう時はどうもややこしくて困りますな。べつに困らないか。

さて、今日からはせいぜい五時間睡眠だ、と携帯の目覚ましをセットして寝たところ、予定より一時間半も前の朝九時に、ねえねえ、と揺り起こされる。なあなあー、ねえねえー、なあってばー。

もみじである。いきなり騎乗位でのおねだり。カリカリはまだ入っているのに、あれだけじゃイヤン、缶詰を開けてという催促だ。

うーむ、よけいな味を覚えさせちゃったなあ。鴨川よりうんと狭いこの部屋へ、彼女の都合も聞かずに連れてきてしまったぶん、少しでも喜ばせてやりたいと思ってのことだったのだが……まあそれだって自己満足に過ぎないことくらいわかっている。というか、疚《やま》しさを糊塗《こと》するためというか。

なあーってばーー！

はいはい、わかりましたよ、起きますよ。わざわざ起こしてくれてどうもありがとう。

ついでに自分の朝食（残り物のキャベツと残り物のエリンギと残り物のベーコンのピラフ）も済ませ、まだ眠たい頭でパソコン前に座ったところ、おや、山本博さんからメールが届いている。

言わずと知れた、アーチェリー銀メダルの「中年の星」。つい数日前のニュースで、彼が日本人として初めて世界ランキング第一位に輝いたことを知り、おめでとうのメールを送ったところ、さっそく返事をくれたのだった。ものごっつ忙しいんだろうに、律儀な人である。

うーん、こういうところにこういうふうなことを書くと、はからずも「私って有名人と知り合いなのよ」的空気が漂ってしまってこっぱずかしいですね。でもまあ、書き始めたんだから続けて書くことにする。

さかのぼれば、大学二年の夏、関東学生アーチェリー連盟主催の個人選手権。某大学の洋弓部に所属していた私が、たまたま、日体大の三年だった山本選手――当時から洋弓をやっている者なら誰もが知る有名人だった――の看的《かんてき》、つまり的を確認して点数を記録する係を務めたことがあって、のちに彼が五輪で銀を獲《と》ったとき、私はそのあたりの思い出にからめたエッセイを週刊誌に書き、山本選手はたまたまそれを読んで、私のサイト宛てにメールをくれた……とまあ、そういうわけである。いわば、二十年越しの偶然が二つ重なったご縁。なつがい説明だこと。

なんでも山本選手は、今回の世界ランキング一位にも、だいぶ後になってからひょっこり気がついたとか。

「気づいたときには首位から落っこちてた、なんてことにならなくて何よりでした」「このところの自分は何しろ山あり谷ありで、文字通りの人間万事塞翁《さいおう》が馬。馬といえば世界に冠たるディープインパクトと同じ紙面に載ったのもいい記念です」。

そんなコメントが彼らしかった。

アーチェリー、か……。私だって学生時代の四年間を捧《ささ》げつくしたといっても過言でないくらい夢中だったはずなのに、卒業してからは弓なんてほんの一、二度引いただけだ。山本選手はそれを、二十年ずっと続けてきたんだよなあ。

というわけで、見るだけのスポーツにはほとんど興味のない私が、例外的に陰ながら応援しているのがこの人なのだ。

「続ける」って、ただそれだけで凄いことだ、と改めてしみじみ。彼のメールの向こう側に、あの夏の駒沢《こまざわ》グラウンドの灼《や》けつく日ざしと蟬《せみ》しぐれが蘇《よみがえ》ってくるようで、あれからなくしたたくさんのものと、得ることができた（かもしれない）いくばくかのものを思って、なんだか胸が窮屈になる。

そういえば今朝、この夏初めてのミンミンゼミが鳴くのを聞いた。

梅雨、はやく明けないかな。

＊七月二十四日「知恵熱」
今朝がた四時ごろ、仮眠しようと横になる頃にはすでにゾクゾクし始めていて、いやな予感。買ったばかりの体温計をくわえたところ、あちゃあ……何じゃこりゃ。

ふだんならひたすら寝て治すところだが、今は時間が惜しいので、バファリンを思いきって三錠飲んで再び横になる。

と、三十分もたたないうちに、全部吐く。便器を抱えこんだまま腰が抜けてしばらく立てず、危うくその格好で落ちそうになるが、とにかく口だけゆすぎ、少し休んでから牛乳を温めてそろりそろりと一杯飲み、も一度バファリンを（今度は二錠だけ、それも胃薬とたくさんの水と一緒に）飲んで横になる。

ううう、もみじ……頼むからもみじ、今だけはおなかに乗らないでおくれ。

三時間ほどとろとろ眠る間に大量発汗。それでだいぶ楽になった。

朝食は、冷や御飯で作った卵雑炊《ぞうすい》。でんぐり返った胃袋にじんわりしみる。味覚は遠くなっていないし、ほかに症状もないから、風邪ではないらしい。ちょうど二ヶ月前にも旅先で寝込んだ覚えがあるけれど、あの時のは疲れと気のゆるみからくるものだった。今回のは何だったんだろう。めずらしく仕事で頭使ってるから、知恵熱かね。

景気づけに栄養ドリンクを飲んで、執筆の続き。

途中眠くなるが、横になると起きられなくなりそうなので、じゅうたんにぺったり座り、上半身だけベッドにつっぷして仮眠。授業中の居眠りみたいだが、三十分ほど寝るとけっこう頭がすっきりする。

一人でいると、こういう時ってひどく心細いものだけれど、ゆっくり眠って休むことを許してくれない仕事の存在が、逆に気持ちのつっかえ棒にもなっているのがおかしなものだと思う。

夕方からまた少しだけ発熱。でも、もうたいしたことはなさそうだ。

＊七月二十五日「無呼吸症」

ものごっつ集中して書いていたのに、おなかがすき過ぎてやむなく中断。ええい、先に食いだめしておくんだった。いっぺん途切れると、再び同じ深さまで潜るのに苦労するんだよ。

焦りを抑えつつ、根菜と豆腐のサラダをゆっくり噛《か》んで食べる。今朝作ったコーンクリームポタージュも片づけてしまおう。

胃はまだ少し痛いが、おかげさまで熱は下がりました。で、食休みの時間にこれを書いている。

めったに集中することのない私だが（↑おい）、するとなったらけっこう凄いですよ。書きながら息を詰めるあまり、酸欠で貧血起こして椅子ごとぶっ倒れたこともある。睡眠時ならぬ、執筆時無呼吸症？

問題は、いいかげん土壇場に来ないとこういうキツネ憑《つ》き状態にならないということなんだよなあ。というあたりが、まだまだ甘いですね。精進いたします。

今は、ラストスパートの前段階くらい。このあとは何とか一気に駆け抜けてしまいたいものだ。

しかし、あまりにも腰が痛くて辛抱たまらんので、再び、いつもの仕事椅子から安楽椅子に切り替えた。こちらの椅子だともみじは、背もたれの上で私にくっついて寝ていられるのでゴキゲンなのです。

＊七月二十六日「終わった！」
午後三時、『ヘヴンリー・ブルー』約百三十枚、ラストの一行を書き終える。ひとり、声もなく両のこぶしを天に突きあげる。

すでに四十時間近く眠っていないため、天井はゆっくりゆっくり回転していたが、せっかくカフェイン・ドリンクが効いて頭は冴えまくっているので、そのまま推敲に突入。

しかしよく効くなあ、このドリンク剤。ヤクでも入ってんじゃねぇのか。

『天使の卵』アナザーストーリー、と小さくサブタイトルが入る予定のこの作品は、映画とのコラボレーション的側面も大きくて、映画の中で美大浪人生の主人公・歩太が描いていたデッサン画を、本文の途中にぱらぱらと挿入することが当初から決まっていた。

が、いざこうして書きあげてみたら、今回のにはどうも、筋という筋がほとんどないんである。

語り手である夏姫――『天使の卵』のヒロイン春妃の妹で、姉に恋人・歩太を奪われた女性――の、想念があちこちへ飛ぶに任せて、過去を回想しつつ現在を肯定していくという……。小説であるのは確かなのだが、やや散文詩っぽい雰囲気にも読めるものになった。当初はまったくふつうに物語を書き始めたつもりだったのだけれど、気持ちの揺れに任せて書いていたら、なんでだか勝手にそうなっていたのだ。

で、まあそれはいいのだが、そうなると、一ページの中央にあえて一行だけ、とか、三行だけ、とかいった「見せ方」もしてみたくなり、さらにそうなるとあんまり適当なところに勝手に挿画を挟まれたくないというコダワリなんぞも生まれてしまい……。

なので、もうこの際とばかりに、執筆の段階で全ページの基本的レイアウトを自分でやってしまうことにした。

判型を通常よりも細身のものにするそうなので、一ページの文字数と行数を四十字×十三行と決め、最初からそれに美しくはまるように段落替えや行開けのバランスを考えて本文を書き、途中イラストを入れるページはココと指定し、前後の白ページもついでに指定して空けておく。

で、最終的に全百六十ページにおさまるように配分。本文の推敲と同時にそんな作業をしていたものだから、えらく時間を食ってしまった。

うー、脱力……でも気持ちが昂揚しているから疲れはまるで感じない。ただただ腰が痛いだけ。

その間じゅうずっと、パソコンに保存したバロック数十曲のひとかたまりをエンドレスで流しっぱなし。すでに部屋の隅々、カーテンの布地にまでたっぷりと音がしみこんだのではないか。

午後六時半、今度こそほんとの脱稿、担当Sさん宛て送付。念のため電話してみたら、Sさんの声が「うそ！」と裏返る。あと一日半はかかるものと踏んでいたらしい。

いや、私は来週にずれ込むかと思ってましたよ、ははは。

ナチュラルハイのせいか、それとも〝ヤク〟が効きすぎているせいか、とても眠れる気分ではなかったので、タクシーでちょっと駅ビルまで買い物に。

夏物セールはほとんど終わりかけていたが（早っ！）、秋に先駆けて今から着られるような服を数着購入。これまたヤクのせいか、「さあどんどん持ってこい、金に糸目はつけねえぜ！」的気分になっている。まずいって。そのへんにしとけって。

部屋に戻る頃、Sさんから電話、原稿の感想。読んでいて何度か目が潤んだそうだ。そうですか、よかった。

でも……次はもっとこう、違うのが書きたいなあ。

ある意味今回ほど、書いている最中の自分自身の気持ちの揺れをそのまま文章に翻訳するみたいにして書き進んだことは過去になかったようにも思うのだが、それでも、映画とのコラボという縛りや、シリーズものとして全体の透明なトーンをあまりにも逸脱するわけにはいかないというあたりはどうしようもなかったわけで、その反動か、次は何かこう、どこまでも自由で、しかもドロドロでグチャグチャのものが書きたいという強い衝動に駆られている。それこそ、「ム、ムラヤマさんどうしちゃったんですか、もしかして私生活で何かあったんですか」みたいな感じのやつ。

この勢いが持続しているうちに、明日からでも書いてみるか。どこに持ちこむかは、後から考えればいいもんな。

さて、外は久々の太陽。ほんとうに久々もいいところ。おかげで朝顔なんて、ここ一ヶ月くらいさっぱり咲きゃしないよ。

あんまり寂しいので、ベランダの大きな鉢に蓮の花を飾ってみた。じつは布地でできた作りものなのだが、ここまでくれば充分観賞に堪《た》えるというか、逆に感動してしまうくらい精緻《せいち》な作り。ニセモノにも、ホンモノがあるんだなあ。

今からようやく晩ごはん。昨日今日、ほとんど液体と流動食しか摂《と》っていない気がする。寝てないんだから食べものくらい、ちゃんと作って食べよう。

＊七月二十八日　「殺す気か」

体に蓄積されたカフェインのせいか、ゆうべはなかなか眠れず、ついに連続不眠時間の自己新を更新してしまった。――四十五時間。まだまだだな。

明け方ようやく眠りに落ちるも、五時間足らずで、もみじの頭突きに起こされる。そりゃお前はさあ、まる一日寝っぱなしだからいいけどさあ。ひとを殺す気かい(泣)。でも結局起きる。

午後から銀座の山野楽器へ、電子ピアノを買いにいく。

鴨川の家にはグランドピアノ型の音のいいのがあるのだが、さすがに持ってくるわけにも行かず(寝るとこなくなっちゃうよ!)、でもやっぱり仕事の息抜きに毎日弾きたいので、今回の原稿が上がったら一番に買いに行くと決めていたのだ。

全鍵盤《けんばん》が揃っていながらもなるべくコンパクトなのを選んで購入。グランド型より、特に音の広がりの面でだいぶ落ちるが、しょうがない、そこは割り切りましょう。

それからバーニーズ・ニューヨークで、いざ！　とばかりに記念パーティ用のフォーマルドレスを物色し始めたら、ほどなくSさんから電話。「本文の字体をどれにするか選んで欲しいんだけど」と言われ、内心すすり泣きながらタクシーで神保町へ。

でもまあ、那覇出身だという運転手さんからいろいろディープで面白い話が聞けたから、それはそれでよかったや。シートの背もたれ越しにもらった、沖縄産黒砂糖の飴《あめ》がおいしかったです。

ううむ、さすがに今夜は眠いのだが、寝てもいられない。本文ページのデザイン担当氏と打ち合わせた結果、中の数ページぶんを詰めたり散らしたりすることになったのだ。期限は明日の朝だって。ひとを殺す気かい(泣)。

＊七月二十九日「ふらふら」
朝方四時過ぎ、『ヘヴンリー・ブルー』最終稿を送付。ページのやりくりにまたまたえらく手間取ってしまったが、ついでに推敲も出来たからよしとしよう。

すっかり明るくなった五時半に就寝、十時に目覚ましが鳴ってふらふら起きる。昼から新宿の美容院に予約を取ってあったのだ。

髪のてっぺんだけが黒く伸びてプリン頭になってきたのを、超特急で染め直してもらい、午後二時から近くのホテルの会議室で女性誌の取材を受け、四時からは渋谷で評論家の池上冬樹さん、「小説すばる」担当Iさん、編集長Yさんと落ち合う。八月発売号に載る予定の新刊インタビュー。

池上さん曰く、

「数日前の村山さんの日記に、便器かかえて吐いたとか書いてあったのを読んだ時点で、ああこりゃ延期だなと思ってたんですよ。プロだから原稿はまあたぶん落とさないだろうけど、インタビューは絶対一ヶ月延びるなあと。すっかり油断して他の仕事入れてたら、上がったっていうから驚きました」

はあ、私がいちばん驚いてます。

いくつかの質問に考え考え答えていたら、自分でも意識していなかった側面に気づかされて内心苦笑い。今まで、ほかの「天使」シリーズにおいては、夏姫の内面にあまり直《じか》に踏みこもうとしてこなかったのだけれど、さてそれはなぜであるか——と訊かれて考えてみたところ、どうやら彼女が私にとてもよく似ているせいらしい。

ことに、ふだんはけっこう気性がキツいくせに好きな相手に対してはどこまでも弱くなってしまいがちなところ、相手に対する依存心と執着心の質や、女の業みたいな部分がどれもひどく似通っていて、うー、こんなのいちいち見たかないよと思うくらいで……だからこそ、書いていてあんなにしんどかったのだなあ、と。いやあ、訊かれなかったら気づかなかった。

申し訳ないことに池上さん、このために山形・東京間を日帰り。すまんことです。

集英社Sさんと池上さんとの三人で、中華のコース。満腹で七時半ごろ別れ、私は渋谷西武で楽しいお買い物——のつもりが、どうにも眠くてバーゲン品の物色にも身が入らない。

結局、ワゴンセールの下着を二枚買っただけでよろよろと帰宅。昼前からひとりで留守番だったもみじが、甘えて床をげれんげれん転がり、匍匐《ほふく》前進を背中でやってみせる。おかげで黒カーペットがまたしても毛だらけ。

さ、今日こそはさっさとお風呂に入って、ちゃんとパジャマに着替えて寝るとしよう。二日二晩徹夜のあとの昨日今日も、せいぜい四、五時間ずつしか寝ていないので、さすがにしんどいです。頭の中にシンと冷えた綿が詰まったような感じで、ふらふらのくらくらです。

ま、どうせまたもみじにおなかを踏まれるか、頰《ほお》に猫パンチをくらうかして起こされるんだろうけどなあ。「寝ては駄目、寝たら死ぬわよ！（ぴたぴたぴた)」みたいな。

や、いいかげん寝なきゃ死ぬんだって。

＊七月三十日「一生もの」

なんでだか宵っぱりの癖が付いてしまっていて、昨日も（もうおとといか）結局は三時過ぎまで起きていたのだが、何時に寝ても目が覚めるのは必ず九時前後。昼過ぎまで爆睡ということができないのは、やはりもみじのせいであります。ワンルームだから寝室から閉め出すなんてことも不可能だしなあ。どうすんべ。

このあいだの銀座でのドレス探しが未遂に終わったので、今日こそはと午後早めに出て表参道ヒルズへ。六時半には渋谷のＮＨＫに入らなくてはならないから近場でと思ったのだが、ヒルズのビルに何歩か足を踏み入れたところで、三秒立ち止まり、黙って回れ右。

なんっじゃ、この人混みは！　通路も広場もすべてが、ラッシュ時の駅のホームみたい。こういう中じゃ買い物は、出来ても愉しめはしないでしょ。

で、そこはあきらめ、並びのビルの路面雑貨店で、たまたま売っていたインドネシアの背高の睡蓮《すいれん》鉢を衝動買い、配送を頼む。何せ、元気いっぱいの睡蓮とメダカまで付いてくるっていうんだもの。

満足してまた歩き出し、さらに隣のラルフローレンのビルに入ったら、うわお、サマーセールの真っ最中じゃないですか。これは嬉しい。ラルフの服、大好きなのだ。たとえば真っ白のウエスタンシャツにわざと日に灼けて色褪《いろあ》せたような染めの革スカートを合わせ、ごついベルトを締めウエスタンブーツをはく――みたいな感じのコーディネートは、他にはないのでたまりません。

で、結局、ここでパーティ用のドレスを購入。セールで半額とはいえ、決心するのにめっちゃ勇気が要るくらいのお値段だったが、この際一生ものと思い定めて飛び降りる。ドレスは一生ものでも、体型を一生維持できるかどうかはまた全然別の問題ですけどね。ふっ。

でも、だって、一目惚れだったのだ。男物のシャツによくある、ブルーのとても細いピンストライプ（ただし生地は薄手のシルク）で作られた肩もあらわなロングドレスで、前から見るとお行儀いいのだけれど、後ろ姿の崩し方が絶妙。背中から裾まで縦に五十個くらい並んだくるみボタンのうち、お尻から裾までをわざとはずして着ると、下に重ね着している白いコットンレースのペチコートがのぞいて、とても美しくトレーン（裾後ろ）を引きずるようになっているのです。洗練と遊び心が見事に同居している。

身長百五十六センチしかない私には丈が長すぎて、十センチヒールを履いてもまだ前裾を踏んづけてしまうほどだったのだけれど、来月の二日に必要なんです、とおずおず言ってみたら、前日までに超特急で直してくれることになった。

あとは、当日誰かに裾の後ろを踏まれてつんのめったりしないことを祈るだけだな。

＊七月三十一日「凪《な》ぎ」
徹夜明けで朝八時過ぎに寝たというのに、やはり十一時ごろ、もみじに寝込みを襲われる。餌は入っているのだから、ただ甘えたいだけなのだ。

頑固に寝たふりを続けていたのだが、鼻をかじられて降参。いつもより二時間も遅くまで我慢してくれただけマシなほうか。

ベランダの植木に水をやり、メダカたちに餌をやり、洗濯機を回しながら、ここしばらくの間にかなり散らかってしまっていた部屋を片づけていく。疲れがたまっているせいか、どうにもてきぱきと動けない。

午後になって小一時間うたた寝をしたらだいぶ回復したので、ゆうべのうちにバイク便で届いていた『ヘヴンリー・ブルー』の著者校にとりかかる。書きあげたばかりの作品だし、ゲラになる前に何度も推敲したので本文に関してはそれほど直すところはないだろうと思っていたのだが、紙の上で見るとまた微妙に違ってくるもので、結局あちこち手を入れてしまう。

その間に、担当Sさんから三回の電話。一度目は映画の制作発表&パーティ当日の相談、二度目は主題歌への推薦文をとりあえず書かなくてよくなったという連絡、三度目はイラストの入れ方に関するアイディア。

懸命に集中を保ちつつ本文の手入れが終わると、次は、全部で十数ページあるイラスト挿入ページの、どこにどのデッサン画を持ってくるかを選んで決めていく作業にかかる。これがまた悩ましい。映画のなかで使うために芸大の先生である津田やよいさんに描いてもらったデッサン画は二十点くらいあるものの、その三分の一はどうしても小西真奈美さんの顔そのままなので、残念ながらこの本で意図するイメージ画とは少し遠くなってしまうのだ。

コピーして送ってもらったデッサン画に番号をふり、空白ページに付箋を付けて、そこに選んだ絵の番号を書き入れていく。

夜八時、終了。これで明日の朝バイク便に取りに来てもらえば、とりあえず私の作業はおしまいであります。

あ〜あ、お疲れさま、と声に出してつぶやいて、遅い晩ごはんは、シーフードのリゾット。冷凍のエビとイカと、残っていた冷や御飯の後始末。


静かな夜だ。

ゆうべまた友人と会って互いにさんざん愚痴と毒を吐きだしたせいか、久々に軀の中がゆったり凪いでいる。

が、気持ちは落ち着いているにもかかわらず、頭の隅でもやもやしている文章の断片がササクレみたいに神経に引っかかるので、ノートの端っこに書きつけてみる。そこから何かが生まれてきそうな気配はあるものの、まだはっきりしないので、もうしばらく放置しておくことにする。

私の場合、どんな手を使ってでも素の自分自身を凪いだ状態に持っていかないと、冷徹に仕事に向かうことが出来ない。心が揺れて千々《ちぢ》に乱れるなんて状態は、経験すればするだけ作品の糧《かて》にはなるのかしれないが、そういう不安定さを赤剝けで抱えたまま無理やり頭だけ仕事に向けようとすると、不可能ではないものの胃に穴があいて吐くことになる、というのを最近思い知った。自分でも情けないし格好悪いとも思うけれど、こういう経験自体が人生で初めてだから仕方ないや。

でも過程がどうあれ、結果として生まれてくる作品がよければそれでいいんだ、うん、と自分に言い聞かせる。自己暗示、自己暗示。凪いでおけ、凪いでおけ。

大丈夫。時間がすべて自分のものだと思うだけで、これからいろんなものが書ける気がしてくる。

来週半ばにはピアノも届く。何か体を動かすレッスンも受けに通って、生活にリズムをつけると同時に、もうちょっと積極的に自分の世界を広げてみようとも思う。

そういえばこの間受けた女性誌のインタビューで、どんなものを習ってみたいのかと訊かれ、ゴスペルとかベリーダンスなんかいいですねえと答えたら、「ああ、女性はどういうわけか、四十を過ぎると歌って踊りたくなるみたいですね」と言われてしまった。

へえ、そうなんだ？　確かにまあ、最近とみに、大人のバレエとかフラメンコとかコーラスなどなど、習い始めた人の話をよく耳にするな。

なんでだろう。ひととおりいろいろ経験してきた年頃だから、本能的に人間の原点に立ち戻りたくなるのかね。

夜八時半、自転車を出してスーパーへ。野菜を中心に、豆腐、豚肉などを買ってくる。東京の蒸し暑さにもだいぶ体が慣れてきた。

私の愛チャリは、白いプジョーのマウンテンバイク。前傾姿勢で長距離乗ると掌が痛くなってくるので、遠出の時は指なしのグローブをはめます。

近いうちにいっぺん、都内の地図を片手にうんと遠くまで行ってみるかな。迷子、上等。あてどなく道に迷うのも愉しそうだ。

＊八月一日「飼い馴《な》らせ」

ずいぶん久しぶりに鴨川の家に帰り、必要な資料や服などを持って、再び東京の仕事場に舞い戻る。

しばらく見ない間に、あれほど丹精していた私の庭は夏草に埋もれきってしまっていた。端から雑草を引っこ抜きたいのはやまやまだが、とても一日や二日で片の付くものではないので、あきらめてもう見ないことにする。あのへんにはヤマユリが、あのへんにはシャクナゲが、あのへんにはリンドウが埋まっているのだ、なんてことは考えないことにする。

馬たちがいなくなった農場は核を無くしたようで、軒下にうっすらと残るひづめの跡を見おろしながらぼんやりしていると、そばに来た犬のマー坊が足もとに寄り添うようにそっと座る。

情けない上目遣いと視線があったとたん、唐突にあふれるものがあった。

――いろんなことが、変わっていくんだなあ。

裾直しを頼んであったパーティ用ドレスを取りに表参道へ。

大きな荷物をかかえては電車に乗れず、泣く泣くタクシーをつかまえる。と、たまたまラジオでかかったプロコル・ハルムが、夕まぐれの街の風景と相まってあまりにせつなく響きすぎて困った。紙袋を足もとにおろし、バックミラーに映らない位置まで体をずらす。

さっきまでいた鴨川でのいろんなことを思い返すと、心臓に疼痛《とうつう》が、胃には鈍痛が走るけど、でも、大丈夫、大丈夫。買い物なんかしてる元気があるんだから、あんたまだ全然大丈夫。

こういうしんどさや痛みから逃れることが無理である以上、あとはなんとかそれと共存する方法を考えないと。そう思いながら、大げさだっつの、と苦笑がもれる。

——痛みを飼い馴らせ。

ふいに浮かんだそのフレーズが、頭の真ん中を、文字放送みたいに繰り返し横切って流れていく。

痛みを飼い馴らせ。痛みを飼い馴らせ。痛みを飼い馴らせ……。


部屋に戻ると、もみじが寝ぼけまなこでベッドから下り、しきりに何か訴え始めた。わかったわかった、いやわからんけどわかった。それにしてもおまえ、よっぽど熟睡していたね。目の下にたるみができてるよ。

明日はいよいよ、映画完成報告の記者会見&百万部突破記念パーティ。八月のスケジュールも、パブ関係で次々に埋まってきてしまった。

今回は私にできることなら何でもやります、と言ってしまったことを早くも後悔——。

いや……。いやいやいや、言ったんだから、頑張ってやりましょう。なんたって、デビュー作から続く大事な作品だものな。

＊八月三日「疲れた……」
寝たのはまたまた朝方四時だったが、けっこう早起きして、昼から行きつけの美容室へ。何しろ私はドライヤーというものを持っていないのだ。いつもは洗いっぱなしのまんま自然乾燥なのだけれど、今日ばかりはそういうわけにもいかないよなあ。

というわけで、いつもの担当のおねえさんに、「いわゆるパーティ風じゃなくて、なんつーかこう、ナメた感じにして下さい」と頼む。勘のいい人なので、じつに、「なんつーかこうナメた感じ」に仕上げてもらえて満足。

記者会見は、東京會館で四時から行われた。左右がアシンメトリーになった白シャツにジーンズというこれまたナメた格好で出る。こういうとこへキメキメの服装で行くのって、なんかカッコ悪いと思っちゃうんだよなあ、とか思うこと自体、自意識過剰の一つの顕れ方に過ぎないんだろうけれど。

冨樫森《とがししん》監督、主演の市原隼人くんと小西真奈美さん、私、主題歌を歌うサンセットスウィッシュの三人、という順番で並んで壇上に着席し、あらかじめ用意されていた質問と、会場からの質問に答えていく。小西さんは相変わらず気配りの人。市原くんは、言ってはいけないはずのキスシーンのことをぽろりとバラしてしまって、後で電通だかどこだかの人に怒られていた。

終了後、日比谷公園の中にある一軒家のフランス料理店へ移動して記念パーティ。小西さんと市原くんからそれぞれ、赤百本、白百本のバラの花束を手渡される。お……重いです。マジ重いです。

けど、個人的にいちばんのハイライトは、前庭に機材を並べて行われた「サンセットスウィッシュ」の三人による生演奏、生歌披露。三曲の最後が、映画の主題歌『きみに会えたら』だった。

曲自体はシンプルな作りなのだが、ヴォーカルの声がじつによく伸びてファルセットがきれいなので、ピアノとアコギに合わせただけでも聴き手の胸にぐっと迫ってくる力がある。外の道を行く人も、思わず立ち止まって聴き惚れていた。

えー、ちなみに、大枚はたいたドレスはなかなか好評でありました。小西さんは、見るなり「あっこれラルフ！」。おお、さすが、アンテナ立ててますなあ。

殿方のみなさん、胸の谷間は見て見ぬふりをしてくれていたが（↑でももちろん見ることは見る）、気にせず威張って胸を突きだしていたせいかどうか、旧知の男性編集者がふいに、「最近のムラヤマさん、急に女の凄みが出てきた気がするんだけど何かあったんですか」と私に訊き、隣にいたSさんに思いきりグーで殴られていた。

いや、褒め言葉でしょう、それ。少なくとも私にとっては嬉しい言葉だった。女の凄み、結構。四十も過ぎてそれがないモノカキなんて、つまらんっしょ。

お開き後、もとの服に着替えて、ごく内輪の少人数で二次会に流れる。夜道を歩き、帝国ホテルの一階レストランへ。

一ヶ月と少し前にたまたまここへ来たときには、メインロビー中央の大きな花瓶に鉄砲百合がわんさか生けられていたものだけれど、今夜は青と白のデルフィニウムに変わっていた。こんなふうにして、また夏が過ぎ、時が過ぎ、いろんなことが過去になっていってしまうんだなあ。そう思ったら、親しい人たちに囲まれているにもかかわらず、ものすごく独りぼっちな気分に陥ってうっかり涙ぐみそうになる。

「さすがに疲れたんじゃない?」

と訊かれ、慌てて否定する。いかんいかん、一人じゃない時に一人の世界に入ってしまってはいかんです。けど、いったん揺れ始めてしまった気持ちの振り子を即座に抑えこむのは難しいです。正直疲れたといえば疲れたのだけれど、今日の疲れじゃないんです、なんてことは……言ったってどうしようもないことだもんな。

ド派手な花束を両手に抱えて帰宅すると、後からエレベーターに乗りこんできた身なりのいい男性から、「うわ、カッコいいですねえ! それ全部ホンモノのバラですか!」とびっくりされた。

偶然、同じ階の住人。フリーでファンドの仕事をし、東京と香港を行ったり来たりしながら、ここには奥さんと一緒に暮らしているのだそうだ。隣り合った二部屋を借りて、片方を事務所に使っていると言う。いいなあ、それなら広くて。

意味もなくコジャレた造りの廊下の途中で、おやすみなさい、と言い合って別れる。

ここに越してきて二ヶ月で、初めて知りあった、名前のある他人。

＊八月四日　「二十年」

あいかわらず朝になってようやく寝たのだが、十時きっかりに、実家からの電話で起こされる。

「今朝な〜、お母ちゃんな〜、もうちょっと早うにな〜、あんたんとこの大っきい電話のほうへかけてんけどな〜、なんべん鳴らしても出ぇへんかったから、寝てるんやろか思て、悪いからすぐ切ってん。ほんで、もうさすがに起きてるやろ思て、また電話してんけどな〜、これ携帯のほうやろ〜？　あんな〜、さつき長野のあんたの友だちんとこからな～、桃の箱が届いてん。あっまいわぁ～。おおきにな～、よろし言うといてや～」

なんべん鳴らしても出なかったからすぐ切った、というあたりについては、深くは追及しないことにする。そのへんを気にし始めると母とは話せない。

うん、うんと適当に返しながら、よろよろ起きあがり、遮光カーテンを開ける。いきなり、ものすごい日ざし。ううう。

じつのところ、昼を過ぎるまではめったなことでは電話しないでほしいと何度にもわたって頼んであるはずなのだが、朝五時に目の覚める八十の老夫婦にとって、十時というのはもう立派な昼なんだろうなあ、と半ばあきらめの境地。「大きい電話」、つまり普通の電話のほうは寝る前に音を切るようにしているのだが、携帯のほうはいつでも鳴るのだ。

数年前、夜中に父親が心筋梗塞《こうそく》を起こして倒れたとき、母は救急車が怖くて呼べず、私を呼んだ。以来、携帯の電源だけは、どんな時も切っていない。

もう一度寝ようと思ったがうまく寝られず、結局起きあがる。とはいえ、時間こそ短かったものの、ゆうべはずいぶん久々に深く眠った気がする。

このところしばらく、夢の中でまで気持ちがずっと揺れていて、まるで痛いところをかばうようにしながら寝ていたせいかどうしても眠りが浅かったのだけれど、短時間でも深く眠ると気分的に随分違うものだ。天気のせいばかりでなく光がまぶしく見える。

胃がまだ本調子でないので、朝食は温野菜と細かく刻んだスモークチキンとコーンスープ。

腹ごなしに植物の世話や掃除、洗濯などした後は、わざわざ炎天下を選んでコンビニまで買い物に行く。せっかくの夏日なのだから、味わいつくさないとね。買ってきたアミノ酸入り飲料を飲み飲み、某週刊誌のコラム「街物語」第一回目に取りかかる。どういう心境の変化か、〆切も差し迫っていないのにばりばり仕事モード。

と、途中、このあいだ表参道で衝動買いした東南アジアの睡蓮鉢が届く。男の人ひとりでウンウン言いながらベランダまで運んでくれた。つやつや元気な睡蓮と、おまけに五匹のメダカ付き。

さっそくせっせと水を運び（十リットル入りのバケツでバスルームとの間を十往復、いい運動だ）、カルキ抜きの液体を投入、睡蓮を沈めてメダカを放す。

ああ、涼しげ……。げ、なだけで涼しくはないけど。

午後六時、「街物語」を書きあげて送付。

生まれてから二十歳までを過ごした故郷であり、デビュー作『天使の卵』の舞台にも選んだ練馬区 石神井《しやくじい》公園のことを語る。今回の『ヘヴンリー・ブルー』の中にも再三登場する、というか、主人公はこの公園を見下ろすマンションに住んでいる。

あの街を離れてから、二十年以上か。

親が年をとるのも当たり前だよな……。

＊八月十八日 「コーヒータイム」

午後一で、TOKYO FMの坂上みきさんの帯番組に出演――というか、五日間にわたる放送分をまとめて収録。

これまでにも二度ほど番組に呼んで頂いたことがあるうえに、彼女は鴨川の家にも遊びに来てくれたことがあるので、最初から話が弾む。

田舎暮らしの大変な側面、という質問に、このあいだ鴨川へ戻った時に遭遇したマムシのことを話し、草刈り機で首を刈り、ブツ切りにして鶏にやったと言ってみたら、そそくさと話題が別方向に。

ま、スポンサーがコーヒーメーカーだしな。くつろぎのコーヒータイムにマムシのブツ切りは合わんわな。


その後、雑誌の著者インタビューを四本続けて受ける。さすがにくたびれた。質問に対してはできるだけ真摯《しんし》に答えるよう努力しているけれど、中には、こちらが選びに選んで伝えたつもりの言葉をいちいち、その人の語彙《ごい》の範囲内で、ものすごぉく単純かつ安易に「つまりこういうことなんですね」とまとめられてしまうことがあって、そういうインタビュアーに対してはどうしても、だんだんと冷淡な気持ちになっていってしまう。例によって態度には表さないようにしてますけどもね。

四本目の取材を受けている最中に、ちょうど出来たてほやほや『ヘヴンリー・ブルー』の見本があがってきた。通常の四六判の縦を八ミリ裁ち落とした、少し細長い形のセミハードカバー。表紙のタイトル文字は紺色の箔《はく》押しになっていて、上品ながらもちゃんと店頭で目立つ本に仕上がっていた。

本文の扉ページには当初、映画のラストに出てくる歩太が描いた春妃の肖像画（つまり小西真奈美さんの横顔そのまま）が使われる予定だったのだが、私は担当Sさんを相手にめずらしく抵抗を重ね、土壇場で別の絵に差し替えてもらった。

代わりに選んだのは、包帯を巻いた春妃の手のアップ。

歩太と彼女が初めて電車の中で出会うシーンの象徴という意味でも、それにまた、本の扉を開けたところからいきなりイメージを狭く限定してしまうことを避けるという意味でも、やっぱり正解だったと思う。

※　※　※

そう――この日のことは、あれから二年以上たった今でもよく覚えている。見本刷りということでまだ沢山は無かったので、二冊だけもらって帰ったのだった。

タクシーをつかまえ、ようやく慣れてきた道筋を通って帰る車の後部座席、夕食の時に飲んだカクテルのせいでふわふわしながら、半ば夢見心地で、いま膝の上にある二冊をまずは誰と誰に貰ってもらおうかなあなどと考えていたのを思いだす。

しみじみと嬉しかった。新しい単行本を手にする瞬間は何度味わっても嬉しいものだけれど、この作品を書く前後には本当にいろいろあったせいか、無事に本が出たことがいつもの数倍も感慨深かった。

決して長い小説ではないし、位置づけとしては『天使』シリーズの番外編だけれど、これは私が初めて大人の女性を「一人称で」書いた作品。というより、初めてほんとうの意味で「ひとりきりで」書きあげた作品なのだ。

執筆している間のしんどさも。

いっそ暴力的なまでの寂しさも。

自身の気持ちの揺れ幅の大きさや、取りまく環境の変化などすべて含めて、私にとっては大きめのカンマのような作品になった気がする。

ただし、決してピリオドのつもりはない。

この文庫が店頭に並ぶ頃、ほぼ同時期にまったく違った（それこそ「どうしちゃったんですかムラヤマさん」的な内容の）小説も単行本となって並んでいるはずだし、さらに別の小説誌では、モロッコを舞台にした次なる長編の連載も始まっているだろう。

ここ数年のあいだ、こんなにも精力的に仕事をしたことはなかった。

今はただ、書くのが愉しくてたまらない。まるでデビューの頃に戻ったかのようで、けれど当時と比べると明らかに目配りの精度は高まり、対象の掘り下げ方は深まっているのが自分でもわかる。なんといっても十五年だもの。

こんなふうに、長いながい螺旋《らせん》階段をのぼるかのようにじわじわとステージを上がっていって、いつか思いもかけなかった高みにたどりついているといい。

この『ヘヴンリー・ブルー』という名の小さな作品は私に、そんなことをまったくあたらしい気持ちで考えられるきっかけを作ってくれたのだった。

いつのまにかバロック音楽も途切れている。

あ。——いま、天使が通った。

二〇〇八年　クリスマスを前に

村山由佳

この作品は二〇〇六年八月、集英社より刊行されました。

作品中に登場するピアス「天使の卵」は株式会社スペースクリエーター（神奈川県中郡大磯町大磯六一一─一八）が創造したジュエリーシリーズのひとつであり、登録商標「天使の卵」は同社に帰属しています。

集英社文庫

ヘヴンリー・ブルー

2009年1月25日　第1刷　　定価はカバーに表示してあります。

著　者　村山由佳《むらやまゆか》

発行者　加藤　潤

発行所　株式会社　集英社
東京都千代田区一ツ橋2-5-10　〒101-8050
電話　03-3230-6095（編集）
03-3230-6393（販売）
03-3230-6080（読者係）

印　刷　大日本印刷株式会社

製　本　大日本印刷株式会社

フォーマットデザイン　アリヤマデザインストア　　マークデザイン　居山浩二

ISBN978-4-08-746391-0 C0193